Toute reproduction, même partielle, de cet ouvrage
est formellement interdite sans l'accord de l'auteur.
Tous droits réservés pour tous pays.
Dépôt légal : décembre 2014
Réédition : janvier 2016
ISBN : 978-2-32204-140-4
Éditeur : BoD - Books on Demand
12/14 rond-point des Champs-Élysées - 75008 Paris - France

LA RIVIÈRE SANS PARDON

Gisèle Tual van Gerdinge

Photo de couverture : Michel Tual

NDA : Ne pas chercher une forme de correspondance ou reconnaissance de personnages existant ou ayant existé.

« *La peinture ne reproduit pas le visible, elle rend visible.* »

Paul Klee

PRÉFACE

Vais-je écrire mes mémoires telles que je crois m'en souvenir avec toutes les brumes voilant les années ?

Vais-je romancer la vie de ma famille ?

Je veux écrire sans retenue, je veux écrire pour dire ce que personne ne sait plus. Je veux écrire avec l'encre de mes yeux. Je veux écrire avec le blues qui est en moi.

Aujourd'hui, je suis une femme épanouie, heureuse. Je peux exprimer en toute conscience ce que mes soixante-trois années ont élaboré dans mon cadre de vie.

Comme dans une valse, le tourbillon des pensées, des actes posés en accords majeurs ou mineurs, parfois diminués mais toujours dans mon cœur, pour moi, les accords de mes souvenirs sont augmentés par l'amour que je porte aux miens.

J'aime prendre l'exemple d'une partition de musique. Sur cinq lignes parfaites que sont mes enfants, j'ai écrit la mélodie de ma vie avec la clé magique qui est mon mari.

L'armure de ma mélodie est toutes les joies ou les peines rencontrées. Tantôt dièse, tantôt bémol, mais l'accompagnement restera cette basse profonde et perpétuelle de mon grand-père.

Il était une fois un équilibre, un équilibre de foi, un équilibre d'amour, un équilibre d'après-guerre qui par l'euphorie et l'avidité pouvait être dévoyé…

Rien ne pouvait laisser paraître qu'ils seraient envieux les uns des autres. Le pouvoir est une chose terrible. Le pouvoir de l'argent est un fléau, le pouvoir surnaturel est une monstruosité.

Se définir à travers son propre regard

Comme un bloc de glace qui devient miroir,
Comme une lumière diffuse qui dessine les contours,
Comme une aube qui refuse le crépuscule,
Comme un soleil qui repousse l'horizon,
Mon regard ne pourra jamais voir mes yeux,
Mes yeux ne pourront jamais décrire mon âme.
Je me veux spectatrice afin de me préserver de tout jugement.
J'observe.
J'observe comme un peintre.
Sur la palette de mes souvenirs,
Je brosse le tableau de mon paysage vécu,
Avec ses couleurs, avec mes couleurs, avec leurs couleurs !
Je choisis,
Je définis,
Je sculpte chaque fait, chaque personnage.
Je modèle mes modèles.
Je les laisse s'animer sous ma plume.
Jeu des lettres et de la ponctuation.

Insolence de l'écriture, de la page blanche qui se voit enlever sa virginité. Violence des mots. Comme un dard qui s'acharne en toutes positions érotiques.

Écrire est un acte d'amour reliant l'extérieur à l'intérieur du « *moi* ». Épousant la forme et la pensée pour en coucher un texte, à tout jamais livré à lui même.

Ginkgo biloba

Mariage

Mon chêne à moi est un majestueux et noble ginkgo biloba ! Trois cents personnes autour d'une robe de dentelle blanche.

Lui, porte un costume bleu marine rehaussé d'un nœud papillon gris perle, mon futur mari, garçon de grande envergure, cheveux mi-longs, bruns, son regard clair. En face, un autre regard, un regard à la pupille vert tendre et des mots de bénédiction par sa bouche empreints d'émotion. Dans cette assemblée sur la pelouse, ah ! quel homme !… mon papa !

Cet homme avait fait le choix de marier sa fille, de présider, d'être l'officiant du jour, de déclarer sa fille unie devant Dieu à Mickaël au regard d'azur ! Il savait que Stella ne lui appartenait plus. Le père et la fille décidaient ensemble d'être séparés, là, sous le ginkgo biloba.

Mathias et Stella vont, dans quelques instants, se dire « *À Dieu* » devant Dieu et devant les hommes. Ils vont se dire « *adieu* » devant Mickaël, le jeune homme qui va lui enlever à tout jamais la chair de sa chair.

Sur sa gauche, assis langoureusement, les mains accueillant le ciel, le col de la chemise ouvert, il est là aussi, sur la droite de la mariée. Silencieux, sur son fauteuil doré, il domine de sa prestance et de son calme. Que pense-t-il ? Qui est-il ? Le maître de maison ? Le capitaine du bateau ? Le commandant d'une armée humaine ?...

Ils sont là tous les trois, autour de la mariée. Ils sont là, ses trois hommes, triangle magique sous la voûte du ginkgo biloba : son futur époux, son père, son grand-père.

Trois hectares et demi dans lesquels la petite Stella s'est ébattue vingt-neuf ans de sa vie, jusqu'à son mariage, jusqu'à ce jour merveilleux où son corps s'est enveloppé d'ivresse immaculée. Ses cheveux ornés de fleurs, et son cœur battant, au bras de l'homme de sa vie, Stella était heureuse. Stella allait se fondre à tout jamais dans cette union de deux corps pour ne former qu'un seul être.

Vingt-six ans auparavant

« *Comme elle vous ressemble ! Et ses belles boucles blondes ! C'est une enfant magnifique !* »

Voilà ce que j'entendais du haut de mes trois ans. Les gens venaient. Je les voyais regarder, marcher, entrer, sortir.

Nous habitions une grande maison de maître, dans le Vaucluse. Autour de nous, des champs, des prés, la campagne. J'ai un très joli souvenir du clocher de mon église et des heures s'égrenant au son de ses carillons : dix heures, quatre heures. Je n'entendais pas les cloches sonner à midi. Midi c'était l'heure du repas, l'heure de la préparation, « *du coup de feu* » comme disait mamie. Le soir, en cas de veillées sur la pelouse, toujours près de mon ginkgo biloba, le son du clocher m'appelait vers la nuit, vers l'au-delà, vers l'inconnu.

L'inconnu est pour moi un mot très fort. Je n'ai pas vraiment envie de le connaître (il en perdrait sa vérité) tout en ayant une envie folle d'y plonger sans retenue. Je crois que ce mot guide mes actes, ma vie, mes pensées.

L'école extérieure, je ne l'ai pas fréquentée. J'étais inscrite par correspondance à l'École universelle à Paris, puis à l'école Chateaubriand.

Nous avions des cuisinières, des femmes de chambre, des précepteurs et des jardiniers, mais jamais, jamais, ces gens n'étaient exclus de notre vie privée. Ils étaient avec nous, sous notre toit, presque comme nous.

« *Nous, la famille* », enfants, adultes, nous tous autour de Georgy Visa Prio. C'était notre force. Solidaires, ensemble dans l'enceinte du Domaine. Nous représentions un nouvel embryon de l'humanité naissante. Un nouveau concept de comportement, de nouvelles pensées d'éducation, une nouvelle façon de se nourrir, de marcher, de vivre, de respirer ! Nous, en dehors du temps, au-delà des siècles, nous ne vivions que pour bien mourir. Nous ne vivions que pour fabriquer notre éternité et ne rien perdre de demain. Notre présent n'existait que pour le futur !

Le Domaine

Le Domaine est une maison en pierre de taille. Un perron de colonnade orné de deux magnifiques lauriers-roses ouvre sur une porte en chêne de trois mètres de haut. Trois hectares et demi de terrains boisés finissent de parer la demeure.

Le Domaine est une propriété en Provence, qui fut vendue aux enchères. Georgy Visa Prio en fit alors l'acquisition. Accompagné de son épouse Roberta et de ses deux jeunes enfants, Juliette et Pauline, il quitta Palaiseau, en région parisienne et s'installa à Montmas, petit village à sept kilomètres d'Orange, dans le Vaucluse. Ainsi se rapprocha-t-il de sa mère Magdalena.

Au rez-de-chaussée, le hall d'entrée avec, au sol, son damier noir et blanc donnant sur un escalier de cinquante-et-une marches desservant le premier étage. Puis le second. Deux immenses pièces aux plafonds hauts de quatre mètres. À gauche, une salle à manger séparée par une grande voûte, à droite, le salon, pièce identique à la salle à manger pour son architecture. Au premier étage, quatre chambres et deux salles de bain. Au deuxième niveau, un immense grenier et deux ou trois chambres de bonnes.

Georgy Visa Prio

Il était un artiste complet : violoniste, compositeur, peintre, écrivain, auteur de livres, de pièces de théâtre. Deux de ses belles peintures murales ornent encore les murs du salon du Domaine. Il écrivit également des textes de chants lyriques, emportant plus tard dans ses créations, sa fille Carmen. Avant la Seconde Guerre mondiale, il fonda à Paris un orchestre avec des premiers prix de conservatoire mais ne put donner de concert. L'orchestre fut dissout à la déclaration de guerre.

Georgy Visa Prio, poète et écrivain, avait en plus un métier qui faisait vivre sa famille : il était directeur de division d'un centre de tri.

C'était homme aux yeux de lynx, portant une moustache épaisse au-dessus de belles lèvres charnues. Son crâne nu était auréolé de cheveux blancs faisant tout le tour de son intelligence. Un pantalon gris en tissu infroissable, sauf aux plis du haut des cuisses, car il était plus souvent assis que debout, l'accompagnait chaque jour. La taille en était étranglée par une ceinture élastique de même couleur. Chemise blanche au col ouvert en toute saison. Quand il faisait froid, un gilet en mohair au col châle calfeutrait les courants d'air sur son dos.

Sa journée était réglée comme du papier à musique. Il la commençait dans son bureau, occupé par l'écriture. Puis il jouait du violon à onze heures, debout à son pupitre de musique en fer forgé, confectionné par son fils aîné. Repas à douze heures, puis lecture du journal dans son fauteuil de cuir en mâchonnant des chewing-gums de Los Angeles.

Roberta

Petite femme aux yeux marron, Roberta était toujours bien mise. Chaque vendredi elle allait chez le coiffeur et en ressortait les cheveux frisés par une permanente et légèrement bleutés d'une teinture qui couvrait ses cheveux blancs. Sa jolie poitrine qui avait nourri six enfants, était toujours mise en valeur par des robes à l'encolure en V et au décolleté généreux. Un collier chaque jour différent, en accord avec la couleur de ses vêtements, finalisait sa coquetterie journalière.

Levée la première, et pour cause ! Qui aurait pu rivaliser ? Cinq heures du matin, avant le chant du coq, grand soin dans sa salle de bain, pour ne descendre qu'une heure après. À six heures, la maîtresse de maison était d'attaque pour encadrer vingt personnes au quotidien.

Roberta, je n'en parle pas beaucoup. Roberta est une femme discrète et besogneuse. Besogne énorme d'élever six enfants ! En accord total avec son époux mais dépassée par les événements. Elle assume d'une façon parfaite l'intendance.

Je ne suis pas ici pour discuter,
Je suis ici pour raconter.

Après-guerre

Comment ? Pourquoi ? Alors que Georgy était à Paris, son troisième enfant, son premier fils, eut une crise d'appendicite. Il fallut l'hospitaliser d'urgence et l'enfant fut opéré sans délai. Son père revint en catastrophe à Montmas pour apprendre l'erreur de diagnostic. L'appendice allait très bien. L'opération pratiquée était inutile. Son fils avait été charcuté à tort. Le ventre ouvert par erreur !

Georgy se révolta… Il eut le feu sacré, la descente du Ciel en lui. Il fallait qu'il écrive un message pour la Terre. Un message qui n'avait plus rien à voir avec ses écrits précédents. J'imagine qu'une grande solitude l'enveloppa… puis la Lumière vint l'éclairer.

Son épouse Roberta nous raconta qu'une nuit elle avait aperçu son mari sur le rebord de la fenêtre, debout, figé, en transe, inondé de pensées créatrices, d'émotions violentes…

« *La nuit rouge* », poème qui dépeignait son tourment prémonitoire. En voici un quatrain :

J'aimais la nuit naguère. Aujourd'hui je redoute
Et couvre de sommeil les heures où jadis
S'exaltait mon esprit aux voix des Paradis.
J'erre au fond de moi-même et perds l'humaine route.

Le fruit de ses inspirations fut rassemblé dans trois livres, « *La Trilogie de son Message* ».

Pendant l'écriture du premier de ses trois ouvrages, Georgy s'affirma guérisseur. Il commença à soulager avec ses mains. Il magnétisa des bouteilles d'eau en verre non transparent. Il reçut du monde. Des personnes du village vinrent au Domaine. Le bouche à oreille fonctionna et la renommée de Georgy s'affirma. La tache d'huile grandit. Un grand guérisseur venait de naître. Il forma sa femme et sa fille aînée à la guérison. Juliette, alors âgée de dix-sept ans, seconda son père dans une complicité merveilleuse.

Ces trois livres sont un chemin de vie, une ligne directive existentielle.

Dans les années 50, le vent tourna. La maison du Bon Dieu devint "la maison du diable". Georgy n'était plus le "bon guérisseur". On se rapprochait du ciel avec danger. Et si pour un temps cette position semblait honorable, rapidement les questions furent posées, et encore plus vite les réponses coururent vers la calomnie. Des termites, des insectes, des rongeurs malsains vinrent détruire l'harmonie de nos journées.

Pourquoi Georgy n'avait-il pas fait taire ces diffamations ? La deuxième aventure avait commencé ! Une aventure hors des frontières et des limites, non maîtrisable. Une aventure engagée pour quatre années en dehors de toute paix. Nous partions en croisade.

Rencontre de Mathias et de Juliette

La rencontre

La rencontre de mon père et de ma mère eut lieu lors d'une surprise-partie. Les deux sœurs, Juliette et Pauline avaient eu la permission de se rendre à cette soirée dansante.

Juliette

Juliette avait un port altier, des cheveux châtain foncé, des yeux coquins, un décolleté seyant, deux ou trois boutons de son corsage dégrafés afin de laisser deviner les charmes de son buste. Vêtements de petit prix, très sélectionnés, jupe fendue jusqu'au début de la cuisse, chaussures adaptées à un joli 39 favorisant le galbe de ses jambes. Quelques bijoux, un collier, un bracelet et après son mariage, un parfum : *L'air du Temps* de Nina Ricci.

Personne soignée à juste prix, elle descendait les escaliers dans un claquement de talons reconnaissable sur la pierre de taille.

Pauline

Pauline était de taille moyenne, élancée, une dentition régulière, des yeux marron, des cheveux moussant par une belle frisure.

Ses habits se voulaient simples et en harmonie de couleurs, chaussures ordinaires à petits talons confortables. Pas de bijou, sauf les jours de cérémonie où elle se permettait de porter autour du cou une petite croix de pierre translucide aux branches régulières. Si elle devait sortir, elle prenait son sac hors norme, plat et sans couleur, contenant un porte-monnaie désuet et un foulard fade de nylon.

Pauline ne s'est jamais mariée. Elle fut follement amoureuse de mon père, jalouse de sa sœur Juliette et passionnée de son frère Alexandre, soumise à ses moindres volontés.

Pauline s'occupait des fleurs à couper du jardin, fleurs d'ornement pour la table. Toujours un bouquet à la main. Frais, lorsqu'elle le cueillait, fané lorsqu'elle le remplaçait.

À mon regard, Pauline était un être étonnant. Capable d'être connectée directement à l'esprit, elle recevait « *les messages extraterrestres* » pour les publications de la mission. Cependant un autre personnage l'animait, terriblement terrestre et insatisfait ! Si elle portait son dévolu sur telle ou telle personne, rien ne pouvait changer la sentence. Elle avait le pouvoir de le nommer roi ou de lui trancher la tête. Verdict ayant un impact important sur son père. Le jugement de Pauline tombait sans possibilité de rachat : ange ou démon !

Mathias

Mathias qui n'était nullement habitué à fréquenter des endroits où l'on dansait, fit ce soir-là une exception et participa à cette soirée *surprise-partie*.

Grand homme d'un mètre quatre-vingt-cinq, à la carrure large, front noble, les cheveux respectant le galbe de son front, aimant aussi bien la tenue vestimentaire tirée à quatre épingles que le laisser-aller, le plus souvent en pull éculé, chaussures tirant la misère et pantalon kaki de travail.

Homme vaillant et dynamique dès six heures du matin, il avait élaboré sa journée dans sa tête pendant la nuit, et la réaliser au réveil était sa seconde tâche, la moins difficile.

Il rencontra Juliette à cette soirée. Le coup de foudre fut immédiat mais, pour conquérir sa dulcinée, il entra dans le jeu des demoiselles en invitant d'abord Pauline pour la première danse, afin d'être libre dans la soirée avec Juliette. Stratégie personnelle qui lui réussit.

Les jeunes gens voulurent se revoir. Juliette, émue et séduite, se dut de prévenir ce fougueux chevalier de la personnalité particulière de son père, Georgy Visa Prio, des guérisons et du monde public dans lequel elle naviguait. Intrigué et interrogatif, il redoubla d'énergie pour connaître le cercle familial de son élue. La parole de Georgy Visa Prio à l'égard de Mathias fut sans appel : « *Vous épousez ma fille ou vous ne la reverrez jamais !* ».

Diantre ! Mathias allait-il accepter un futur beau-père aussi impératif et violent dans son langage ?

L'interjection ne prêtait pas à confusion alors que quelques semaines seulement authentifiaient leur relation.

Mathias choisit le mariage. Fallait-il qu'il soit follement amoureux !

Mathias se prépara donc à épouser Juliette. Il avait vingt-deux ans. Il fut accepté et respecté par sa nouvelle famille, mais fut-il aimé ?

Mathias était entreprenant, il avait des idées. Dès qu'un personnage ne se laissait pas diriger, il lui était difficile de se faire accepter réellement. Sans sourciller, il intégra et adopta donc l'esprit du clan. Il se passionna et aima Georgy pour l'idéal qu'il invoquait, pour ses ouvrages, pour cet homme qui osait vouer toute sa passion et tous les siens au bien de l'humanité. Guérir, aider, sauver, mission capitale. Peu des enfants de Georgy participaient à cette philosophie naissante mais aucun ne s'y opposait.

Le mariage

Je ne sais rien du mariage, si ce n'est à travers de très belles photos et trop peu de récits de mon entourage.

À Montmas, avant 1950, la famille Visa Prio avait son banc réservé à l'église. C'est dire si cette famille était reconnue et respectée. Mais les choses avaient changé, le vent avait tourné. Quand Georgy Visa Prio devint guérisseur, les rapports ne furent plus les mêmes. Les distances s'installèrent et par la suite l'autorité ecclésiastique interdit à la famille d'entrer dans une église.

L'hiver qui suivit, le règne de la famille Visa Prio était terminé. Le mariage de mes parents fut donc la transition entre Georgy Visa Prio, fonctionnaire dans le Sud , et Georgy Visa Prio, guérisseur.

Léa

Léa, la sœur de Mathias, était une fille splendide. Aimant son frère et croyant en lui, elle se jeta à corps perdu dans sa nouvelle mission. Ardente équipe mais qui peu à peu se détacha, s'éloigna, pour de multiples raisons dont j'ignore les causes.

Passionnée et dynamique, Léa milita pour la nouvelle foi de son frère. Dans les rues, elle proposait les différentes publications. L'envoyé de Dieu, ce Georgy Visa Prio de Montmas dont le nom était sur toutes les lèvres, devint le phare de son quotidien. Elle écrivit des poèmes et participa activement à la rédaction des textes.

Léa resta dans la mouvance, devint la marraine du premier enfant de Mathias et Juliette : moi-même, Stella, née à l'automne 1951.

Fabien, le frère aîné, était amoureux de Pauline. Il mit aussi la main à la "pâte divine", mais s'en retira assez rapidement, non sans avoir dégagé un profond respect pour cette famille dont il faisait partie à présent.

Le cœur de la Mission

Mission dure et forte, notre croisade ! Nous ne doutions pas un seul instant que nous étions les bras, la tête, le corps de Dieu entièrement. Que l'Histoire du monde devrait se glorifier de notre histoire. Nous étions les mentors du nouveau monde. La mutation vers le peuple élu était possible par nos filtres seulement. Élévation ! Union ! Pouvoir de la guérison. Le toit du Domaine devenait la voûte de la planète.

C'était l'époque des actions publiques. Jeanne d'Arc, Napoléon, Attila renaissaient à travers nous. Dans les rues d'Orange, chaque jour, mon père et ma mère allaient missionner, militer. Ils tenaient des réunions publiques sur les plus grandes places de la ville, dans les cinémas, dans le moindre café.

Installée sur le siège bébé du vélo de maman, j'étais traînée partout. Nous arpentions les rues, nous guérissions, nous diffusions la bonne parole. Georgy Visa Prio était troublant. Georgy Visa Prio devenait encombrant. Georgy Visa Prio envahissait la voie publique.

Les groupes d'adeptes générèrent des mouvements de foule. La police eut ordre de faire cesser ces émeutes. Comme une gangrène montante, la discorde prit racine au sein de la vie de la famille Visa Prio. Bravo, nous semions le trouble pour mieux rayonner la Lumière de Dieu.

Cette époque fut marquée d'évènements forts, de tourments et de houle. Comme ce jour où mon père menait son action sur les pavés à Châteaurenard, près d'Avignon.

Grands signes ostentatoires, rassemblements !

« *Nous sommes tous des guérisseurs ! Écoutons la Parole du Christ ! Christ est revenu à Montmas ! Lisez ! Achetez ses publications !* »

Mon père fut soudainement empoigné et jeté dans la fontaine du village. « *Baigné et baptisé* » tel un dieu des eaux, tel Jean-Baptiste. Il en ressortit purifié. Il continua ses proclamations encore plus fortement. Nouvelle empoignade. La police arriva. Mon père fut emmené au commissariat et mis en cellule. Tout mouvement de foule fut interdit aux adeptes.

Toujours vainqueur, papa, comme Jésus avec son bâton de pèlerin, outrepassa les barrières. Une audience avec le préfet d'Avignon lui fut accordée. Après maintes discussions, les réunions furent finalement tolérées.

Mes oncles admiraient cette bataille mais restaient à l'écart, vénérant leur père, et peut-être le mien aussi. Aucun dialogue, aucune contradiction n'était possible de toute façon. Il fallait agir et frapper haut et fort.

Édouard

Édouard, le sixième enfant, fut très atteint par cette vie publique. Montré du doigt à l'école, il était terrifié par ce que provoquait son père. Je me souviens de courses-poursuites dans la maison. Édouard se cachait, refusait d'aller à l'école. Il s'enfuyait dans la propriété. C'étaient des cavalcades autour de la serre proche de la maison, une passerelle longeant la façade ouest au-dessus d'une verrière. Je revois mon oncle débouler par là afin d'échapper à son père. Adolescence troublée.

Nous avions une grande complicité tous les deux. Il avait besoin de me dominer, puisque le lieu de sa naissance le dominait. Mais j'acceptais ce jeu car avoir un grand frère était très agréable.

Accusation

Cette même année, la presse relata les décès survenus de trois enfants. Ces drames n'étaient pas dus à des guérisseurs ou à Georgy, mais malheureusement au fait que ces enfants ne purent être soignés par la médecine ou furent mal soignés. L'amalgame fut fait. Terrible comportement des médecins, de la presse, qui dénoncèrent directement Georgy, l'accusant d'avoir laissé mourir trois enfants en des lieux différents de la France.

Les parents des enfants, dans leur douleur même, témoignèrent en justice en notre faveur puisque, à l'origine, ils ne connaissaient même pas l'existence de cet homme, de ce guérisseur du Vaucluse. Nous sommes restés amis avec ces trois familles, au-delà même du raisonnable. Mathias épousa en seconde noce la troisième fille de l'une de ces familles. C'est dire que la responsabilité dont on nous affligeait était mensongère.

Cependant la situation était grave et ne cessa de se compliquer, de se durcir. Le Domaine, envahi par un peuple voulant faire justice lui-même, fut sur le point d'être brûlé. Mathias était toujours aux aguets afin de contrôler les événements et faire front à cette injustice qui nous tombait dessus violemment et aurait fini par nous détruire. Le nom de Georgy Visa Prio fut traîné dans la boue. Cette époque fut titrée « *Le temps du bafouement* ».

Aujourd'hui, je suis heureuse de porter cette étoile. Aucune ombre, aucun mystère ne plane sur ma vie et la vie de mes grands-parents. Cette histoire est sous la rubrique des faits divers, des scandales, et elle hante encore les magazines à sensation. Le front haut, je sais que je fus touchée par la baguette divine qui se trouve tout au fond de chacun, qu'il suffit de savoir s'en servir, mais assurément avec plus de discrétion.

L'héritage

Je ne sais plus comment s'est fait le partage. Je sais qu'au fond, rien n'a été fait dans l'harmonie et la sérénité. Un jour, on s'apercevait que telle chose était partie. Qu'une autre avait disparu :
- Tiens, c'est peut-être Gérard qui l'a prise, il voulait tellement le carillon !
- Il aurait pu le demander !
- C'est fait, il m'en a parlé, répondait la sœur aînée.

Et les autres membres de la famille ?

La comtoise

Mon cœur ne s'arrête jamais de battre. Quand toute respiration cesse au Domaine, que chacun trouve le confort de son lit, de son repos et d'une paix apparente, je continue à égrener le temps, seconde par seconde. Je veille sur chacun d'eux mais, surtout ! surtout ! j'attends avec sagesse et émotion ces mains d'argent qui vont sur moi se poser, se poser avec précision, avec décision. Des mains d'argent que, seul, il possède et qu'il m'offre entièrement le temps de quelques instants. Instants à venir trop lents à revenir, instant passés trop courts à l'instant. Elles entrent dans mon cœur, impudiques et confiantes, violant mon intimité, prudentes pour ne pas m'abîmer. Ensemble nous remontons le temps et il me garde à jamais mon éternelle jeunesse.

Petite fille nous observant dans le canapé ! Petite fille qui osa jouer avec cette question, maîtresse de ton sort, je t'ai bien entendue lorsque tu lui demandas : « Grand-papa, si tu es Dieu, disparais maintenant ! »

Qu'attends-tu de ce rendez-vous ? Qu'attends-tu de notre échange ?

Je te sens fascinée par ces moments à remonter l'histoire. Tu n'as pas encore de passé que tu t'interroges sur mon avenir ou le tien ?

Où suis-je à présent ? Chez celui qui me convoitait depuis des années et qui m'a enlevée sans aucune autorisation ! M'aimait-il autant ?

Avais-je mon mot à dire ? Je fus heureuse à une époque, le temps est ma nourriture ! Je vieillis doucement avec mes souvenirs. Je suis la comtoise du hall, je suis la comtoise que Stella aurait aimé avoir.

Je me suis retrouvée sans rien de mon grand-papa. Arielle a eu son superbe violon puisque, quand elle était petite, elle avait étudié cet instrument. Carmen a eu droit à son deuxième violon. Un fils s'était servi, aux dires de ses frères. Juliette et Pauline avaient la maison. L'autre fils s'était emparé de tout le fond de la propriété, sa part de gâteau était largement gagnée à l'arrachée. Carmen avait obtenu le terrain de Rositta.

Seuls Édouard et moi nous sentîmes déshérités. Ne parlons pas bien sûr de Mathias, le gendre ; rien pour lui, évidemment. Quant aux épouses des oncles, elles avaient les fils de Georgy Visa Prio, donc rien à signaler.

Un jour, revenant au Domaine, chez moi, je parlai à maman, mère totalement indifférente à mon sujet.

- Comment avez-vous fait le partage ? Comment avez-vous procédé pour ce qui appartenait directement à grand-papa ?
- Pas de partage, tout est là, sauf ce qui est parti.

Fin de la conversation.

Le châle

En me promenant dans la maison, et dans les appartements de mon grand-père, je vis *son châle* abandonné sur une chaise. Depuis le temps, nullement convoité, seul, il me tendait les bras.

Seul, posé sur une chaise, tu m'attendais. Comment ne pas avoir pensé à toi ? Tu t'es fait discret aux regards des autres. Tu ne fus pas remarqué, et nous voici tous les deux dans l'ombre de ton maître et dans son sourire. Tu as gardé la forme de ses épaules.

Entre les mailles de la laine, j'entends sa respiration. Au bonheur de te voir. Veux-tu m'accompagner, veux-tu venir chez moi, chez nous ? Oh ! Je saurai t'aimer et te préserver, te garder et te donner la place que tu mérites. Chaque soir tu déposais sur son dos la douceur de ta chaleur. Tu l'entourais si merveilleusement de ce confort humain dont il était privé de par la mission qu'il se donnait. Tu le sécurisais et lui donnais confiance. Il n'était plus seul, vous étiez deux. Deux, dans une intimité silencieuse et si précieuse. Je t'emporte avec moi, et dans mes bras, je garde vos secrets, vos échanges, vos vérités partagées. Rien ni personne ne me dira mieux que toi ce que tu gardes secret et que je comprendrai pour ma vie durant.

Tant de souvenirs se raccrochaient à chaque maille de cette laine si douce à mon cœur et à mon esprit, cette laine qui pour moi devenait son linceul. Pris délicatement dans mes bras, avec amour et passion, j'osai demander si je pouvais le garder.

« *Quoi donc ? Bien sûr, que veux-tu que nous en fassions ?* »

Chaque soir le châle de grand-papa est sur mes épaules, ou sur nos épaules, en sachant et en voulant son regard en même temps que sa chaleur. J'ai aussi préservé de la négligence des autres, sa vieille robe de chambre au cordon marron. De son bureau, avec l'acceptation de maman, j'ai pris l'écrin de cuir rouge où sont couchés quelques crayons avec lesquels il corrigeait les articles et les poèmes de nos publications.

Voici mes seules acquisitions qui valent tout l'or du monde.

Les gens de la maison

Ce matin j'ai un grand cadre de famille devant moi. Les gens sont les gens de ma famille, glacés comme le papier qui les met en image. Pour moi, une famille représente désormais un album. Et ce tout n'est vraiment pas grand-chose ! Des noms, il y en a des dizaines.

Commençons par les gens de maison : ils sont certainement sur la photo, regardons bien ensemble dans les angles non définis et sans importance.

Mariette

À droite, je vois se dessiner Mariette. Un peu cachée par le grand-oncle qui prend toute la place avec sa grande gueule pour ne rien dire et faire toutes les bêtises en cachette.

Mariette est une femme de noble famille originaire de Saint-Lô. Elle nous parlait de sa fille et de son gendre tous les jours, et plus que ça encore. Sa famille lui manquait. Je ne sais pas si elle manquait à sa famille.

Rositta

Regardez, à gauche, entre l'escalier et la porte noire du couloir, on devine une personne. La photo est mal prise…

ou c'est sans intention. Qu'importe si l'on distingue mal ce visage. Je pense que c'est Rositta. Oui, certainement. Voyons, quel est ce personnage ? Que je me souvienne… Rositta se levait tous les jours à quatre heures trente du matin pour veiller au petit déjeuner de toute la maison, balayer les deux perrons extérieurs, étendre le linge, le ramasser, le plier, le repasser, le ranger dans les commodes de chacun, chercher le lait à la ferme, les œufs au poulailler, même qu'elle faisait toujours mal, à force de laisser la porte ouverte les poussins avaient froid. Elle donnait du pain aux chevaux alors que c'était interdit, mais comme elle apportait le seau de nourriture, on passait sur ce geste proscrit.

Marie

Je me souviens de Marie, mais je ne la vois pas sur la photo… Marie faisait la couture de toute la maisonnée tout de même ! Ah, peut-être était-elle morte au moment où la photo a été prise ? Qu'importe, là ou pas là, notre vie à nous continue. Lorsqu'elle ratait un ourlet, son nom fusait jusqu'au quartier général du deuxième étage avec menace de la renvoyer… Mais qui aurait accepté de la remplacer ? Donc, elle était de nouveau pour un tour à sa machine à coudre.

Jacques

Alors lui, on ne peut pas l'oublier, avec son râteau, là, en bas de la photo ! Jacques le jardinier, Jacques et sa sœur Gaby que l'on ne voyait pas beaucoup. À nous, les enfants, il a fait faire plus d'un tour dans la brouette qui n'aurait dû transporter que de la terre ou du fumier. Le travail se faisait clopin-clopant à chaque saison. C'était facile. Les saisons revenaient, cycle imperturbable, chaque année identique. Pas tout à fait, mais presque… Pour Jacques, il n'y avait pas beaucoup de différence, si ce n'est que l'été, il pouvait se reposer sur son manche de pelle. L'hiver, il faisait trop froid à rester sans bouger. Le brave homme, on n'a jamais su ce qu'il pensait. Pensait-il ? Sans doute.

Henriette

Je n'oublie pas Henriette, titi parisienne, toujours bien coiffée. Elle était arrivée un jour et n'était jamais plus repartie. Au départ, Henriette n'était certainement pas venue pour la couture. D'ailleurs elle n'y excellait guère. Je crois que ses services nous étaient simplement indispensables. On la voit sur la photo, près de mamie. Ce n'est pas qu'elles s'aimaient beaucoup, mais il y avait de bons moments à partager dans la journée.

Bernadette

Bernadette ne sera pas sur la photo de famille.
Quelle famille ! On l'a renvoyée parce qu'elle était malade. Elle avait un cancer des gencives et pour rien au monde il n'aurait fallu qu'elle meure chez nous. On ne meurt pas au Domaine, sauf s'il y a promesse d'éternité. On choisissait ses âmes, et Bernadette n'en faisait pas partie. Elle fut donc mise dehors et mourut à Toulon, dans son ex patrie.

Jean

Je n'aurais jamais pensé qu'il était aux premières loges sur cette photo. Il me semblait qu'il était arrivé bien plus tard. Chaque jour il venait chercher son panier du repas de midi qu'on lui préparait avec un peu d'amour et beaucoup de satisfaction… que nos restes puissent être utiles. Ainsi, pas de gaspillage. Nos restes valaient encore que les papilles salivent. Ah ! Jean, notre jardinier espagnol aux mains de Quasimodo, au regard d'Esmeralda. Le travail ne lui faisait pas peur. Il était courageux comme pas deux mais seulement quand il le décidait.

Bien d'autres sont passés encore, avec leur histoire, leur épisode dans le temps. Ils font partie du temps. Un jour, peut-être seront-ils sur une photo à leur tour, mais pas sur la mienne aujourd'hui.

Les autres

Oups ! Il faut dépeindre les autres personnages de la photo. Treize adultes, oncles et tantes vivant sous le même toit. Treize adultes qui ne savent absolument pas ce que je fais aujourd'hui. Treize membres de cette belle famille qui s'est multipliée et mutilée. Sur la pelouse, devant le couple hiérarchique, treize petits-enfants dont certains avaient plus d'importance, presque nommés au grade d'enfants alors que d'autres faisaient à peine partie de la lignée. Cela dépendait si le conjoint avait été marqué du sceau de notre noblesse divine. Intronisation toujours suspendue, et certains définitivement pas concernés.

La bataille de Mathias

Pourquoi toutes ces manifestations christiques ? Pourquoi ces pouvoirs au-delà du pouvoir ? Pourquoi à chaque fois des peuples différents, de cultures différentes, si ce n'était pour montrer le chemin de l'homme idéal ?

Autre temps, autre vérité. Il fallait en sortir ! Ne rien gâcher de cette énorme bombe qui s'était abattue sur nous, mais trouver un sens par une application plus humaine à cette révolte constante qui faisait notre pain quotidien. Pas de risque de mourir de faim.

À chaque seconde une bataille était déclenchée. Nos armées partaient en mission dans les rues. De nouveaux généraux les commandaient. Certains avaient perdu la tête (au sens propre et figuré), d'autres étaient nommés, droit devant, toutes voiles dehors quand nous traversions les mers. De vrais combattants pour que la seule et unique vérité triomphe au-delà de toutes autres vérités émanant de peuples différents.

L'imprimerie

Mathias, mon père, puisa en son intelligence pour trouver d'autres formes de combat. Il avait de nouveau des idées ! Mieux, il eut une idée ! Il décida d'acheter un bâtiment au cœur d'Orange pour en faire d'une part une imprimerie afin d'être autonome pour nos publications, et d'autre part une université pour l'Olympe avec des jeunes gens de toutes religions et de tous univers.

Beau projet, qu'il était seul à porter. Beaucoup trop de remue-ménage, de changements, de dispositions nouvelles. Plus la même autorité centrale. Georgy n'était pas d'accord.

J'ignore les contradictions majeures qu'il a pu rencontrer, mais je connais son combat. Peu à peu, son épouse Juliette fut convaincue et prêcha en sa faveur auprès de son père. Le projet lui fut accordé. Ce fut dans un élan fou, passionné, dynamique, que femmes et enfants, jeunes et moins jeunes, se mirent à l'œuvre.

Tracteur en pleine ville, réfection de la façade, peinture de bas en haut, tous dans un élan semblable à celui que nous avions connu dans les années 50 lors de la croisade du guérisseur Georgy. Une nouvelle mission se déclenchait dans le seul but de continuer, avec pignon sur rue, afin d'être autonome et pouvoir imprimer nos publications dans notre imprimerie. Ce fut une promotion. Bravo papa !

Il fallait acheter des machines. À Marseille, un journal vendait ses rotatives. C'était l'occasion. Il fallait des bras. Venus de tous les horizons, des jeunes de vingt ans répondirent. Filles, garçons, le cœur sur la main, les manches retroussées, ils étaient là, présents. Et il était là aussi Mickaël, ce jeune aux cheveux longs. Il était là l'homme de ma vie, arrivé à l'imprimerie. Encore une fois, merci papa.

Mickaël, Mathias

Passionnés ces deux hommes ! Ils se rencontrèrent dans le travail, en esprit, en loyauté. Mickaël était toujours prêt à faire des heures supplémentaires, à encourager les autres, à veiller au grain, comme disait un de nos amis. Il était là,

Mickaël. Je crois, je suis certaine même, que dans le cœur de papa, même s'il ne le manifestait pas beaucoup, ce jeune homme était apprécié.

Mickaël suivait les cours de l'école Boulle (école renommée d'arts appliqués, à Paris). Plus qu'une année pour avoir son diplôme en poche… Il avait tout arrêté pour venir à Orange. Le choix ne lui fut certainement pas facile à faire. Imprimerie et école universitaire pour jeunes passionnés désirant un monde nouveau…

Réussite

Tout à portée de main (les parents apportèrent leur contribution au niveau des repas), l'équipe se répartit dans des locaux qu'il fallait aménager : maçonnerie, peinture, menuiserie grand chantier, intense bonheur de voir le fruit mûrir devant soi. Voilà l'idéal et la passion qui animaient mon père et ses jeunes au nombre de vingt. De tous azimuts, de toutes formations, ils avaient répondu. Des futurs ingénieurs, des historiens, des diplômés de lettres…

Les conséquences

Mais dans les faits, la conclusion fut terrible ! Mon père était allé trop loin. Se sentant seul, ou presque, pour réaliser cette entreprise, il devenait obnubilé par sa réussite. Les distances commencèrent à s'établir entre Juliette et Mathias jusqu'à un moment précis où les jeunes furent récupérés par la mission divine. Mathias n'avait plus la mainmise sur eux. Sa belle-sœur Pauline était mandatée pour donner autorité divine. Les jeunes filles et jeunes hommes devenaient "*les poulains de la mission*". Bref, le Domaine récupérait l'entreprise de Mathias, mais pas sa sueur et ses nuits blanches. Le Domaine récupérait le fruit de son travail qui fut dans un premier temps, pourtant, le fruit défendu.

N'y tenant plus, Mathias voulut transporter son entreprise à Paris afin de préserver cette énergie et de la mettre au service de rencontres, de forums, de tables rondes, afin aussi de ne pas rester dans ce même giron depuis vingt ans. Et la guerre fut déclarée. Une guerre froide, terrible et sans retour.

Stella et Arielle

Stella

Dès ma naissance, j'étais le plus beau bébé que la terre ait porté. En grandissant, je ne faisais que confirmer cette vérité.

Arielle

J'avais deux ans et cinq mois, lorsque ma sœur arriva. Mon image ne fut pas flétrie, elle s'enrichit de cette deuxième enfant splendide. J'examinais cette petite poupée dans son berceau : chose étonnante, elle ne parlait pas.
« Mais *pale* Arielle ! *Pale* ! *Pale* ! »
Elle ne répondait pas. Cela m'inquiétait car nous parlions tous énormément. À tous les coins de la maison il y avait des discussions sur tout : le jardin, les gens de maison, les écrits de grand-papa, le repas du soir, le conservatoire de mes aînés.
Questions-réponses, actions-réactions. Le verbe était haut, je ne sais pas s'il se faisait chair mais il était indispensable chez nous. À chaque instant, des conversations enflammées fusaient. Et ce bébé-là ne disait rien ! Maman avait beau m'expliquer qu'il fallait attendre quelque temps, je ne m'en satisfaisait pas.
Nous nous sommes bien rattrapées plus tard. Deux oiseaux inséparables, babillant du matin au soir, du soir au matin. J'entends mon oncle nous dire :

« *Vous dormez ensemble, et dès le réveil, vous avez tout cela à vous dire ?* »

Une complicité totale et passionnante !

J'adore ma sœur

J'adore ma sœur dans sa petite robe jaune, j'adore ma sœur lorsque nous composions pour les anniversaires des grands, des chansons et des textes. J'adore ma sœur pour son rire qui tord légèrement sa petite bouche. J'adore ma sœur avec son bonnet de neige et ses gants fourrés, courant, tombant et me prenant par la main pour plus de sécurité. J'adore ma sœur au violon lorsque je l'accompagne au piano. Toutes ses petites fausses notes et son agacement. J'adore ma sœur pour la tendresse qu'elle me donne.

Mais nous grandissons et nous devenons bêtes. Nous nous éloignons petit à petit, brin par brin, et notre complicité deviendra souvenir.

Les journées de pêche

L'Ami 8

Une journée de pêche parmi d'autres… Nous avions comme véhicule, ou plutôt devrais-je dire comme char d'assaut, une *Ami 8* blanche. Voiture, pour le commun des mortels, spécifique pour la route. Rouler est sa fonction, transporter des gens d'un point à un autre. Petite voiture bien agréable, faisant ce pourquoi elle fut construite : rouler sans encombre, à son allure courtoise, bienveillante pour ses compagnes qu'elle se permettait de dépasser en toute révérence.

Pour les besoins de notre cause, notre *Ami 8* devenait *turbo 8*, équipée comme suit. Pour la pêche à la rivière, notre oncle avait fabriqué, à la demande de mon grand-père, un réservoir qui tenait tout l'ensemble du coffre. Remplissage et vidange étaient les deux mamelles de notre *Ami 8*. Remplir d'eau jusqu'à plus soif le réservoir. Les carpes et les ablettes que nous prenions au bout de nos lignes de pêche, devaient seulement changer de lieu d'habitation, sans traumatisme. Ma sœur et moi les décrochions de leur hameçon avec soin et minutie, puis nous les mettions dans ce vivier presque naturel avec l'eau de leur berceau.

Sur la route du retour, imaginez le ballant de *l'aqua* dans notre pauvre petite voiture qui devait s'équilibrer tout le long du voyage… Impressionnant ! Mais elle le faisait volontiers pour nous. Adorable *Ami 8* !

Les moustiques

En rivière ce n'était pas très passionnant. Pas de mouvement de vagues comme en mer, les fils ne s'emmêlaient pas trop. Les chemins pour y accéder étaient bien balisés.

Deux heures environ pour s'installer. Entre huit et neuf heures nous étions opérationnels, grand-papa, Arielle et moi. Dans ces instants d'organisation de journée, nous avions des échanges d'amour, de tendresse :

« *Alors mes amours,* nous disait-il, *sentez-vous la passion de la vie monter en vous ? Arielle, ma chérie, vas-tu te consacrer entièrement à cette œuvre de lumière que je te propose pour ton bonheur ?* »

Il voulait stimuler en nous la force et la volonté divine. Titiller en nos pensées le chavirement que lui avait pu connaître, basculant notre quotidien pour nous faire percevoir une trouée de lumière infime et infiniment nôtre.

Je me souviens pourtant que la chose importante pour nous, au risque de décevoir grand-papa, était de survivre au milieu des moustiques, ne pas se laisser envahir par ces nuées. Nous en étions recouverts. Grand-papa nous faisait de grand discours sur la volonté de l'esprit face à ces petites bêtes. Il nous enseignait que nous devions gouverner notre entourage car l'esprit avait force sur la matière ou l'animal.

Difficile, très difficile à réaliser ! Mais peut-être moins douloureux à force de volonté ? Peut-être ! Qui sait ? En tout cas, il n'a jamais décidé de changer d'endroit pour nous être agréable.

Aux embouchures

En période d'hiver, la pêche avait lieu à la mer : aux embouchures du Rhône, au Grau du Roi, aux

Saintes-Maries-de-la-Mer, à Port Saint-Louis. Il fallait se lever de bonne heure pour être sur les lieux avant six heures, sinon les poissons seraient au loin et la pêche ne pourrait commencer.

Que de beaux souvenirs pour les paysages. Lever du soleil sur la mer, couleurs splendides incandescentes.

Ensuite, il fallait attendre le soir, le coucher du soleil. Eh oui, il faisait le tour du cadran, lui, tandis que nous n'avions pas bougé ! C'était à la tombée de la nuit que les poissons revenaient au bord des plages.

Que faisions-nous toute la journée ? Affronter la mer plutôt que la rivière nécessitait une préparation différente de notre char d'assaut. Il n'y avait pas à remplir le réservoir, pas de préparation d'appâts pour les poissons, mais il fallait rajouter les cordeaux et prévoir des tenues de rechange. La veille du jour J : chargement de notre véhicule.

Notre couturière avait fabriqué un énorme sac en tissu bariolé pour ranger les cannes à pêches sur la galerie du véhicule. Combien avions-nous de cannes ? Six cannes à main organisées avec quatre piquets chacune, dix lancers (chaque lancer avait son piquet lourd afin de tenir dans le sable), quatre cordeaux (ce sont des cordages avec au moins quatorze hameçons ne faisant que s'emmêler avec le flux et le reflux des vagues), des épuisettes afin de capturer le poisson. Qui pêchait ? Notre grand-papa seulement.

À l'intérieur de la voiture, on chargeait la nourriture afin de tenir le siège d'une longue journée : petit déjeuner, repas de midi, goûter et repas du soir. L'hiver ou à la fin de l'hiver, des boissons chaudes étaient indispensables.

Nous étions énormément chargés. La voiture était très lourde à conduire pour une jeune fille de dix-huit ans, ou pour mamie lorsque je n'avais pas encore l'âge de conduire.

Nous partions donc tôt le matin, qu'il vente, qu'il neige ou qu'il pleuve. Le départ était décidé, rien ne devait nous retenir.

Dépannage

Le trajet se passait généralement bien ou à peu près. Sauf un jour où, dans les débuts où je conduisais, j'emboutis totalement notre véhicule. La situation était gravissime, car si les dégâts causés dans l'acte commis par imprudence n'étaient que matériels, cela remettait en cause notre journée. C'était impossible, pas même envisageable ! Pour prévenir à la maison, il fallut trouver une cabine téléphonique, à l'époque le portable n'existait pas.

Mon père vint avec un autre véhicule. Nous avions tout déchargé et réorganisé, puis planté là mon père avec les soucis du dépannage et de son retour. Nous, nous repartîmes dans la perspective d'une belle journée de pêche.

Arrivés sur la plage, il fallait emprunter la direction la plus courte pour franchir le sable. Bien souvent, l'eau venait à peine de se retirer. Le sable était plus mouvant que ferme. C'était quand même là, à cet endroit précis, au milieu de cette immensité, qu'il fallait se lancer, rouler et surtout ne pas discuter. Pas facile à orienter ou à désorienter, grand-papa !

Eh bien, ce jour-là… nous restâmes sur place, enlisés dans le sable ! À six heures du matin sur la plage, il n'y avait évidemment pas un chat, pas une mouette pour nous aider. Nous étions seuls dans cette immensité de sable et d'eau. Le dessous de la voiture était totalement encaissé, bien lourd de tout notre matériel. Première manœuvre à exécuter : tout décharger. Oui, tout ! Tout déposer sur l'humidité du sable. Il fallut ensuite chercher du bois pour faire un chemin sous et devant notre voiture, puis la soulever avec le cric et mettre des morceaux de bois sous une roue, et sous l'autre. Bref, nous terminâmes vers midi. Ce fut une épreuve vraiment trrès lourde à assumer pour ma sœur et moi !

Enfin, comme si rien ne s'était passé, la partie de pêche débuta, avec du retard, certes. Les poissons seraient-ils au rendez-vous ?

Quatorze ans, âge capital

La Communion

La richesse d'un humain n'est-elle pas de se laisser porter dans la liberté de penser par laquelle volontairement il s'enchaîne ? Lorsque la voie est déterminée, alors la totalité du *soi* naissant dans cette direction est incontournable, totale, entière. Plus rien ne peut stopper l'humain qui avance avec une conscience nourrie dans le seul but de rencontrer l'autre, son frère de lait, son frère dans l'action, son frère en l'esprit.

Voilà la dimension de ma vie qui me fut injectée à travers le sein de maman, dans mes biberons, dans mes assiettes chaque jour, puis dans ma journée. Et plus je grandissais plus ma vie personnelle devait passer au second plan. Mes journées s'allongeaient jusqu'aux rencontres nocturnes auxquelles je participais. Dix-neuf heures sonnaient, nous nous réunissions pour dialoguer ensemble, en fermant les yeux de manière à partir vers l'au-delà, à ne plus sentir notre corps. Étape naturelle pour moi. Quelle distance y avait-il entre la réalité et la non réalité ? *Ce que je pense est.* Je ne mettais aucune frontière. C'était si bon de toucher la folie. La folie est si belle quand elle parle d'amour !

Le dialogue était riche. Une heure ensemble. Mon grand-papa fermait le cercle. Toute la famille ou presque se devait de participer religieusement à ce moment de vie.

Il est vraiment à la fois magnifique et surprenant d'écrire avec l'encre du passé, de voir les mots qui ne sont prononçables qu'avec le décodeur souvenir, tout en visualisant les images qui détournent du présent en s'imposant dans mon réel d'aujourd'hui. Formidable sensation de jouir de son vécu tout en le regardant.

C'était un aparté, ami lecteur, pour vous dire que je n'ai certainement pas terminé de raconter chaque branche du ginkgo biloba, chaque feuille à chaque saison de ma vie.

Fête du 1ᵉʳ novembre

Pas banale chez nous. Les membres de la famille élargie aux amis intimes, se réunissaient dans le salon du Domaine. Salon au sol de marbre rose et qu'un grand rideau rouge séparait en deux parties égales. Des fauteuils épars et de très mauvais goût, installés en demi-cercle comme de vieux résidents n'ayant franchement plus rien à se dire. En face d'eux, le fauteuil au tissu doré, aux accoudoirs de bois lisse, sur le dossier duquel le châle tricoté main était nonchalamment posé, attendant de réchauffer les épaules de grand-papa, président de la cérémonie.

Un à un, toujours un peu troublé, chacun venait de son assise réchauffer le cuir éculé des fauteuils. L'on parlait de tout et de rien de manière à se donner une contenance tout en se préparant aux deux heures qui allaient suivre.

Communion du 1ᵉʳ novembre

Nous interprétions plus ou moins bien un chant annonciateur de notre aventure intercéleste. De toute façon c'était entre nous ; personne n'était là pour nous juger ou nous observer. La grande famille, les yeux fermés, passait de l'autre côté de la barrière.

Des mots venant de la bouche de chacun, dans un ordre spontané et respecté, commençaient à donner la couleur de notre réunion. Chacun participait, avec le meilleur de soi. Alors Pauline, ou bien souvent maman, s'engageait et ouvrait la conversation avec l'au-delà :

- Petite Maria…

Petite Maria est la maman de mamie, décédée depuis assez longtemps pour pouvoir venir nous parler directement par le moyen du VERBE. Car en effet, un membre de chez nous parti récemment ne pouvait être présent à notre assemblée du 1er novembre. Quels étaient les critères de temps ? Je l'ignore. C'est un phénomène qui m'a toujours surprise. Ensuite était appelée à la barre Magdalena, maman de grand-papa. Ce moment était toujours pour moi source d'un grand trouble. Je m'enfonçais dans mon fauteuil, souhaitant disparaître.

Le rêve

Revenons à mes trois ou quatre ans, époque où mon arrière-grand-mère était encore vivante. Elle demeurait toute la journée dans le grand fauteuil de cuir qui lui était destiné.

Je me souviens de son silence que j'écoutais avec inquiétude. Il m'intriguait. Je l'observais, elle. Des cheveux blancs comme neige, coiffés en chignon, le regard perçant, scrutant les faits et gestes de chacun, sans un seul mot. Le soir venu, mamie montait grand-mère Magdalena à l'étage, pour sa toilette, à laquelle je n'assistais évidemment pas, puis au lit, toujours sans un mot de sa part.

Seule, j'attendais dans le couloir que mamie referme la

porte pour, à mon tour y pénétrer, soi-disant pour un bisou du soir, mais surtout pour l'observer encore une dernière fois. Je restais au pied de son lit quelques minutes. Puis le malaise s'emparait de moi. Je sortais brusquement avec la sensation d'étouffer.

La nuit, dans la quiétude de mon sommeil, grand-mère Magdalena venait me visiter ! Cauchemar qui me fait encore frémir aujourd'hui, et qui se traduisait ainsi :

Ayant assisté à la cérémonie de la mise en bière de grand-mère (car dans mon rêve, elle était morte), je restais un moment seule avec elle et remarquais alors un liquide jaunâtre qui coulait sous le bois. Grand-mère faisait pipi ! On ne pouvait l'enterrer mouillée ! Mamie prenait les devants et s'occupait de remettre grand-mère qui ne me quittait pas des yeux, au sec. C'était à son tour de m'observer, elle prenait sa revanche. Lorsqu'elle était enfin seule, à nouveau, dans sa boîte, le couvercle se soulèvait, et très doucement elle me disait : « *Pourquoi tu m'as réveillée ? Pourquoi m'as-tu réveillée ? Pourquoi ?* », en un crescendo macabre.

Je prenais peur et tentais de m'enfuir par un souterrain que j'étais seule à connaître et qui passait sous la chambre de mon oncle et faisait le tour de la maison (c'est-à-dire le tour de mon lit, sous les draps, sans oxygène). Mais toujours elle parvenait à me rattraper, à toucher le bout de mon pied et… Papa venait me remettre au bon emplacement dans mon lit, et me faisait un gros bisou. Je me rendormais et finissait ma nuit calmement.

Il était donc impossible pour moi de faire surgir grand-mère Magdalena le 1er novembre. Elle exceptée, je participais au ballet des esprits faisant surface à heure et lieu précis, décret de la famille Visa Prio.

Ainsi allaient mes années d'enfance. Se resserrait sur moi

la progression de l'œuvre et des lois, des obligations naissaient de plus en plus précises. Il était impératif, à quatorze ans, de confirmer.

Préparation à la Confirmation

La Confirmation se déroulait un dimanche, dans la salle où l'assemblée des fidèles se réunissait hebdomadairement. Je vécus la première Confirmation d'un nouveau cycle, me dit-on.

Quatre points étaient à honorer :
1. Savoir par cœur les trente-trois premiers ouvrages de notre publication.
2. Vendre quotidiennement dans les rues vingt-quatre journaux.
3. Vendre deux autres livres de notre publication.
4. Accomplir quatre guérisons.

Opérations surprenantes et passionnantes. Aucun souci ! À corps perdu (ou gagné) je me lançai dans cette quête du Graal. Était-ce mon choix ? Celui de mes parents ? Je ne pouvais le dire. Aujourd'hui, dans mes souvenirs, c'est Stella, dans une liberté totale ! Voilà ce qui importe pour moi puisque je suis heureuse ainsi.

Je n'ai jamais ressenti une obligation *forcée*. Toute ma vie ne fut qu'obligations et contraintes. Dans toute famille l'éducation, le choix de vie sont une obligation. L'enfant est toujours contraint, soumis. La présentation peut être différente, mais l'on doit obéir.

Ces contraintes n'étaient pas pour me déplaire. Je trouvais que ma vie avait une direction. Et plaire à celui que j'aimais tant, grand-papa, me livrer à sa volonté pour rencontrer son sourire en réponse, c'était du vrai bonheur.

L'action

J'étais au fourneau de six heures du matin à douze heures, pour la maison et ses occupants. Les après-midi étaient consacrés à ma formation d'esprit.

Le repas et la vaisselle de midi terminés, j'arpentais donc chaque jour, ou presque, avec ma sœur, les rues de Nîmes, Montpellier, Aix-en-Provence, Orange, Le Pontet, Entraigues et bien d'autres villes et villages encore. Nous avions deux vélos pliants. Le sien était rouge et blanc, le mien bleu et blanc. Nous n'étions pas à plaindre.

Je viens d'avoir un doute, je ne sais plus si Arielle était avec moi quand je missionnais…

Deux années plus tard, lorsqu'elle eut treize ans, la même opération se déroula pour Arielle. Différemment, certes, car plus jeune que moi, elle n'avait pas la même implication. Dans son action de rue, elle était plus souvent accompagnée par papa. Les comportements étaient un peu plus souples, le contexte moins rigide.

J'enfourchais donc mon petit vélo pour voler au secours des gens. Plus exactement au secours de moi-même, me disait-on, car si moi j'étais irréprochable, je pouvais donner par mon exemple une aide à l'autre. Épreuve enthousiasmante. Dans la recherche du meilleur de soi, ce qui était intéressant c'était de voir et percevoir jusqu'où ma petite personne pouvait aller, quelles étaient mes limites, mieux encore, repousser ces limites, les supprimer pour aider celui qui restait un peu dans l'ombre.

Maladroites les premiers temps, ma sœur et moi étions devenues avec l'expérience, les indomptables de la rue.

J'adorais partir les après-midi ; Arielle était ravissante, nous nous faisions des entourloupettes :
- *Toi tu prends cette rue, moi l'autre, rendez-vous dans trente minutes.*
- *Alors, combien ?*
- *C'est toi qui en a le plus ! Je repars !*

La Confirmation

Que du bonheur… enfin presque. Dans la préparation, c'était Pauline qui me chapeautait. Si tout était tourné vers l'esprit et la résolution de l'autre, la voie devenait un peu différente dans le sens où chacun ne respectait plus la liberté de l'autre. Il fallait obtenir des résultats !

Ce fut Pauline qui procéda à ma formation pour le passage de la Confirmation.

Ce terme est aussi à l'église catholique pour laquelle il représente l'acte volontaire dès l'adolescence, de se lier à Dieu.

Chaque moment était enivrant, chaque jour m'apportait une couleur personnelle, une offrande éthérée, une senteur parfumée. Mais tout cela était gâché, piétiné par la jalousie, la calomnie et la boue fabriquée à chaque seconde pour m'engluer et m'écraser. Contraste époustouflant.

Cet inconnu dont j'ai parlé au tout début de mes écrits, m'attirait malgré tout, était mon but invisible, et rien ne pouvait entacher cet objectif qui, plus beau que tout, était l'Amour. L'Amour innocent, l'Amour passion.

Pauline était jalouse de moi. Sa mission n'était vraiment pas simple. Il fallait amener Stella au plus haut de la communauté sans que jamais elle n'y parvienne. Mes parents ne pouvaient se douter d'une telle hypocrisie. Tout était effleuré, détourné, car la chose était absolument impossible ! Trop ignoble ! Pour moi, dénoncer ces agissements insidieux ne pouvait que me desservir.

J'étais, il faut le dire, gâtée par la nature. J'avais de très beaux cheveux, mes quatorze ans me donnaient un air de jeune fille jusqu'à la pointe de mes seins, et bien que mes yeux soient moins grands que ceux de ma sœur, leur charme pouvait laisser l'illusion de leur séduction. Il est vrai, je l'avoue, que j'en usais magnifiquement. J'ai toujours joué de mon regard, croisant les gens et les obligeant à baisser les yeux. Jeu, simple jeu d'une enfant qui savait qu'elle pouvait le faire et en abusait. Était-ce mal ? Qui pouvait avoir l'audace de juger mon comportement de cette époque où nous voulions changer le monde ? Il fallait, diantre, s'en donner la capacité. Verriez-vous un sportif voulant gagner son titre sans entraînement ? Je m'entraînais donc à être la meilleure et ce n'était pas pour me déplaire !

Je pense que Pauline voulait préserver mon âme de jeune fille. Dieu, qu'elle s'y prenait mal ! Elle me balançait toujours entre mon présent et le devenir de ma sœur. Complexe attitude qui me donnait du ressort et qui confortait ma sœur dans son cocon poétique. Oui, Arielle était poète. Arielle écrivait des textes qui pouvaient avoir leur place dans nos publications.

Je n'oublierai jamais cette période où ma sœur passa comme moi sa Confirmation. Pourtant, elle n'avait que treize ans. Sa formation fut différente mais tout aussi intense.

Seulement un an après mon passage, tout devait changer. Avec la Confirmation d'Arielle, c'était un nouveau monde qui naissait. Ce qui était avant était périmé, mort, mauvais, seulement bon pour une époque révolue.

Nouveaux registres, nouvelles lois, nouveaux programmes.

Une belle et réelle élévation pour Arielle, avait décidé Pauline. J'accusai douloureusement le coup. Heureuse malgré tout pour ma sœur, je gardai le silence.

Le livre d'or

Mon père, toujours prévoyant et en quête de justice, avait laissé le jour de la Confirmation de ma sœur, quelques pages blanches sur le nouveau grand registre noir afin, le moment choisi, de pouvoir aussi inscrire ma Confirmation. Il ne me dévoila sa volonté que le jour de mon mariage, c'est-à-dire seize ans plus tard. Drôle de bonhomme que ce bonhomme-là.

Le sacrement de la Confirmation

La cérémonie

J'étais vêtue de ma belle robe bleue, aux volants bordés d'un liséré plus foncé du même ton. Mes cheveux étaient coiffés en arrière et libéraient mon front lisse. L'assemblée était recueillie. L'officiante était Pauline, ma tante. Eh oui, aussi drôle que cela puisse paraître, ce fut ce personnage qui me donna le sacrement de la Confirmation.

L'office démarra à neuf heures par un chant que j'eus l'honneur d'accompagner à l'harmonium. Suivirent des dialogues, les yeux fermés, afin de ne plus être pris par le contexte environnant, de rester en état de prière fervente. Dialogues, réponses avec l'esprit, avec l'impalpable. Montée progressive de nos pensées toutes réunies vers une source de joie et de paix qui matérialisait notre âme naissante et donnait confiance en notre devenir spirituel.

Onze heures quarante-cinq, le temps vint pour moi d'être appelée et de répondre à quelques questions sur l'enseignement écrit par Georgy. J'avais bien travaillé et j'étais au point de ce côté-là.

Mes émotions

Mon cœur battait très fort de l'émotion que suscitait cet acte que je devais déposer ou que l'on allait déposer sur mon front. Un regret cependant bien enfoui au fond de moi, était que mon grand-papa ne fût pas directement venu me donner ce sacrement, car c'était avec lui et pour lui que je m'engageais, avec plus loin que son corps, le sentiment de faire descendre en moi la VIE, de me connecter en prise directe avec le Ciel. Ce que je tends toujours à faire aujourd'hui.

La prière

Au-delà donc de cette ombre, l'instant était là et je commençai à réciter la prière de mon engagement :

>Mon Dieu, je sais tout ce qu'en Vérité Vous êtes,
>Et je sais le peu que je suis.
>Mais ce peu qui vient de Vous-même,
>Je veux lui donner Vie et le grandir en Vous.
>Je sais tout Votre Amour et je sais Vos Bienfaits.
>Je connais le néant d'une reconnaissance
>Et l'impossible soif à la source de Tout
>Mais dans tout l'Univers s'il n'est que folle offrande,
>Je sais la Volonté qui fait libre mon cœur.
>Ceux qui veillaient sur moi, sans moi Vous le donnèrent
>En mon nom, mais sans moi.
>Je me sais, devant Vous, libre de leur parole,
>Mais je sais qu'il n'est rien qui n'ait ému ce cœur,
>Qui l'ait fait palpiter de joie ou de tendresse,
>D'admiration ou d'Amour,
>Qu'il n'est Grandeur, Bonheur, Beauté ni Bonté pure
>Qui Vous ne soit ou ne vienne de Vous.
>Et tout cela, mon Dieu, je l'aime,
>J'aime vos dons, j'aime la Vie et l'avenir,
>Et plus que tout c'est Votre Amour que j'aime.

De tout mon être en Adoration,
Monte le cri de l'âme Bienheureuse.
À l'Appel de la Vie, heureux j'ai répondu.
À Votre Amour répond tout l'Amour de mon être.
Pour mes frères Aimés je serai le Chemin
Qui s'ouvre seulement dans Vos Bras, Ô mon Père !

Passage

La connexion avait réussi. J'en étais certaine ! Et je n'en démordrai jamais. Je sais qu'au-delà de l'assemblée ou avec elle, au-delà de mes parents et de ma sœur bien-aimée, de ma tante et de deux de mes oncles ou grâce à eux, le lien s'est noué à jamais autour de moi et pour toujours. Plus fort que les mots que je prononçais, il y avait en moi une lumière qui venait me sécuriser, m'étreindre et m'aimer comme une onde de perles nacrées glissant doucement et emplissant l'intérieur de moi-même, devenant un tout de plénitude dans l'instant, en dehors du temps, qui faisait de ce présent mon éternité qui, aujourd'hui encore, à l'aube de mes soixante ans, est mon présent sans une seule ride.

De retour à la maison, les bras ouverts de grand-papa m'attendaient. Ce que je venais de vivre était ma réalité. Oui ! C'est vrai, je venais de recevoir le Sacrement de la Confirmation.

Superbe journée. Qu'avions-nous fait ? Je l'ignore !
C'était une superbe journée.

Regard personnel

Qui suis-je ?

Qui suis-je au milieu de tout ce discours, au milieu de ce cadre familial ? Une fille très docile. Pas un mot plus haut que l'autre, me disait-on ! En vérité, je n'arrive pas à me regarder. Ayant imprimé ma chair et empli mes tiroirs de souvenirs, je me sens toujours observatrice de la vie qui se déroule devant moi.

Les sentiments forts qui me restent aujourd'hui sont de l'ordre du droit chemin. Droit chemin dans le vernis de mes journées, mais l'exploration de tous les péchés était tout de même bien passionnante, et je ne m'en suis pas privée.

Complice de moi-même

Complice de moi-même, j'ai très bien géré l'absurde et la sagesse. Le mensonge et la vérité. Vers l'âge de quinze ans, par exemple, je n'eus pas le droit de continuer ma formation pianistique, énergie perdue puisqu'elle n'était pas au service de la Cause. Pas de souci ! J'étais désormais debout à cinq heures du matin pour aller travailler mes deux heures musicales dans la salle de musique et être ainsi libre après pour donner la main aux travaux familiaux et passer tout l'après-midi dans les rues à diffuser la mission. Je n'étais pas la seule dans le foyer à vouloir assumer mes idées personnelles tout en évitant de mécontenter mon supérieur.

Qui étais-je ?

Rapidement, je m'étais rendue compte que chacun venait picorer dans le nid ce que bon lui semblait et que la porte franchie, une autre vie commençait. Parfois aussi, cette vie extérieure revenait à la maison avec perte et fracas.

J'étais consciente que nos liens de famille s'étaient tissés par la force et la violence de grand-papa, notre maître à tous. Lui n'étant plus là, ce qui existait dans l'ombre, les non-dits ou les vies parallèles éclatèrent au grand jour, et l'individualité de chacun ne nous permit plus de nous rencontrer.

Aujourd'hui

Tellement longtemps j'ai souhaité rester en contact avec tous les membres familiaux de Georgy. Toutes ces paroles écrites, tous ces mots couchés sur la feuille deviennent transparence. L'encre n'est plus noire. S'ouvre un paysage de montagne. Se dissipe le brouillard. L'air est pur. Le ciel de ma vie apparaît si beau, si limpide. Sans grand changement dans ma vérité, mais détachée des liens sans tristesse. C'est un enrichissement que de se sentir seule. De naviguer tel un bateau sur l'océan.

Je suis au milieu de tous ces souvenirs… Non, Stella, tu es au milieu de toi-même, nourrie de ce monde faisant partie de toi. « *Il* » t'a nourrie, « *Il* » t'a épanouie, « *Il* » t'a « *élevée* », appris à regarder avec d'autres yeux, un autre regard. Les vieilles peaux peuvent disparaître. La glace qui figeait tous ces visages fond. C'est ainsi que l'eau devient rivière, la rivière apporte la nourriture indispensable à ton jardin. Alors ton jardin devient l'eden de ton âme.

Bien différente ?

Bien différente, Stella ? Absolument pas. Uniquement les rides que je cache dans ma tête, mais pas dans mon cœur, car toutes sont un baiser du temps, des gens que j'ai aimés et que j'aime encore. Mon être n'a pas souffert. Il est la puissance d'un monde qui s'est fabriqué, imbriqué en moi, et que malgré moi je redonne tant que j'aurai un souffle de respiration.

Je ne regrette rien, bien au contraire. Est-ce que je voudrais tout revivre encore une fois ? Dans quel but ? Je ne le pense pas non plus. Ce qui fut, le fut bien, très bien.

Ma sœur

Ma sœur, il faut croire que nous avons trop parlé enfant. Le moment est venu de se taire sans jamais s'oublier. Je veux le croire et le crois absolument.

Mes oncles et ma tante

Les oncles… ils ont vécu leur vie. Ils m'ont mise dans un coin de leur existence. Je ne réapparaîtrai peut-être jamais, mais j'y suis. Il ne peut en être autrement.

Carmen ne me connaît pas. Elle ignore tout de moi. Elle s'est fait une image de sa nièce, de sa filleule, d'après des histoires, des racontes. Elle y a cru. Je suis un fantôme de famille. Une enfant qui, un temps, lui a pris son présent, à peine quelques secondes de sa vie ; sans importance.

Édouard, mon oncle. Un grand mystère d'amour jamais révélé entre nous. Discret et secret depuis ma naissance. Lui vers moi, moi vers lui. Un lien que je ne peux expliquer et qui me fait couler une larme en souvenir. J'espère rester toujours pour lui « *la rose jaune* » de ma naissance.

Mes grands-parents

Mes grands-parents ! Source d'ivresse, de souvenirs de lumière et d'intensité. Deux mille volts entre nous et pourtant pas faciles à vivre. Mamie, grand-papa, je vous aime. Plus beaux que le fond de la mer, ils sont en moi le flux et le reflux de mon sang. Le battement de mes jours depuis toujours et jusqu'à toujours. L'engagement total dans leur vie, l'abnégation du quotidien pour le demain des autres m'ont fascinée jusqu'à la moelle. Je veux vivre et vis encore avec eux deux, toujours.

Mes parents

Allez, jouons le jeu de la douleur : mes parents, cris de souffrance, de séparation et de malheur. Peut-être davantage pour eux que pour moi ? J'eus très mal au moment de leur séparation. J'eus très mal lorsque papa devint le papa de deux autres enfants, sans ma présence. J'eus très mal lorsqu'il nous quitta sans rien me dire, sans rien me murmurer, sans maman auprès de moi. J'eus très mal lorsque je m'aperçus que maman ignorait mon âge.

Ma vie

Je n'ai nulle envie de dramatiser. Est-ce terrible de regarder le film de sa vie ? C'est un enrichissement merveilleux aujourd'hui ! Je suis heureuse et heureuse de l'écrire, heureuse de le vivre !

Se connecter avec le passé en reformulant son vécu, c'est s'apercevoir que l'on a tricoté un pull bien chaud et bien douillet dans l'agression des heures qui s'égrènent.

SECONDE PARTIE

L'hypocrisie.
Le mal tue le bien, mais le bien ne tue pas le mal.

Noël

Un vent glacial faisait crisser les branches des chênes centenaires. La nuit enveloppait de son ironie le ginkgo, nu de ses feuilles. Ses branches, comme de grand bras démesurés et sans vie, étaient figées, en observation au milieu de la pelouse. La neige de sa blancheur immaculée recouvrait le perron, ne laissant plus rien deviner des deux lauriers-roses de chaque côté des marches de granit. Le silence de l'instant retenait son souffle. Une vie mourait.

Noël frappait déjà à la porte. Dans la maison tout était organisé pour une belle veillée. Les treize desserts étaient en attente dans l'arrière-cuisine, les cadeaux dans la corbeille à linge au-dessus de l'armoire dans la chambre du couple patriarcal. Le sapin dans toute la majesté de ses trois mètres et de ses multiples lumières, trônait dans le grand hall au dallage de damier noir et blanc. Les enfants trépignaient d'impatience et se bousculaient pour ouvrir en premier leurs surprises. Pourtant l'ambiance n'était pas la même que les autres années. Il fallait faire comme si de rien n'était.

Ce soir on essayait d'être heureux. Ce soir on voulait faire comme les autres années… Ce soir mourait au premier étage, un homme, un humain, un dieu. Ce soir mourait Georgy.

Que le ciel m'accompagne ou me haïsse,
Que la terre s'entrouvre ou se referme,
Que la foule m'accompagne ou que je sois solitaire,
Ce soir je suis seul dans les ténèbres.

Que mes enfants me donnent leur amour ou me le reprennent,
Que ma vie soit un échec ou une réussite,
Que je mente ou que j'aie raison
Ce soir les portes de l'abîme s'ouvrent devant moi.

Que mon âme déraisonne,
Que ma sagesse devienne folle,
Que mon corps ne soit qu'un masque,
Ce soir mon sang se glace.

Que je parle au nom du Père,
Ou que je sois le Fils du Père,
Que je parle en pur clair Esprit,
Ou que l'Esprit me harcèle,
Ce soir sera mon dernier soir.

Magdalena

Magdalena était une très belle femme. Seule au milieu de ses nombreuses propriétés, elle dirigeait et commandait à la perfection. L'argent ! Elle le connaissait bien mais ne le comptait plus. Elle en abusait, profitait, la diablesse ! Rien ni personne ne lui résistait. Magdalena aimait à se promener au milieu de ses terres de Provence, regarder ses ouvriers travailler « pour elle ». Rarement elle leur déclinait un geste de la tête en guise de remerciement, pensant que c'était à eux de la remercier, elle qui leur fournissait leur pain quotidien.

Magdalena n'avait qu'un fils, Georgy. Elle qui s'imaginait depuis son plus son jeune âge donner vie à plusieurs enfants et régner sur sa progéniture. De ce côté, l'existence ne l'avait pas comblée. Elle en avait été aigrie. Aigrie était un faible mot ! Tout enfant qu'elle voyait ou qu'elle croisait était pour elle un affront à sa personnalité, à son propre « je ». Elle ne pouvait dominer cette rancœur et en portait dans son ventre la griffe meurtrière.

Lorenzo

Mais, j'y pense, je ne me suis pas présenté !

Lorenzo de Casta. Ceci est mon nom. L'origine ? Espagnole.

De taille moyenne, la peau mate, j'habitais dans le pavillon contigu au château. Ami de la famille par rencontre imprévue, j'avais peu à peu trouvé ma place dans le cœur de quelques-uns. De quelques-uns seulement ? Parfois j'étais invité aux fêtes familiales, à des promenades de vacances aussi.

Autrefois, je fus même le chauffeur des jeunes enfants. Leurs aînés avaient déjà le permis mais ne voulaient avoir à charge ni leurs frères ni leurs sœurs plus jeunes. Toute cette famille, c'était beaucoup d'occupation pour les gens de maison, quatre personnes responsables de la gestion et de l'intendance.

Mes sourcils noirs et bien dessinés me donnaient un air hautain alors que je suis doux comme un agneau. Je vagabondais de-ci de-là dans les cuisines, le grand hall, les étages du domaine, croisant l'une ou l'autre, décochant un sourire ou bien me faisant tout petit.

Écrivain de métier, j'étais pigiste pour plusieurs médias de presse écrite. Je vivais très mal de mes publications. Il m'arrivait parfois de retranscrire la vie de quelques personnes. Ma foi, cela me soutenait financièrement, mais très chichement ! Un récit par-ci, une vie par-là. Pour les personnes qui croyaient avoir un passé ou une destinée romanesque et passionnante, le prix de leur récit à travers ma plume valait de l'or puisqu'elles se racontaient. Je jouais donc à ce jeu passionnant de les écouter, de les mettre en pages. En retour je touchais pour salaire une petite somme. Je trouvais que je me débrouillais assez bien !

Mais, revenons-en aux faits. Si j'étais là dans le hall de ce domaine, presque avec eux, ce soir de Noël, c'était parce que quelqu'un connaissant bien la famille m'avait introduit depuis déjà de longs mois, afin de mener une enquête. Plus précisément afin d'avoir un regard extérieur à l'intérieur de tous ses secrets.

Un, deux, trois, quatre, cinq, six
Tout ne tient qu'à un fil
Magie noire
L'Araignée de la vie
Les tient dans son filet
Encre noire
La sueur du mensonge
Transpire outre-tombe
Désespoir.

Secrets, non-dits, mystères. Tout un poème !

J'étais, moi Lorenzo de Casta, journaliste de bas étage, bombardé enquêteur privé.
Peu d'éléments à me mettre sous la dent sinon des pressentiments nés de bruits de couloirs, de recoupements de conversations, de regards furtifs.
J'étais mandaté pour trouver quoi ? Nul ne le savait. Simplement des soupçons.

Bref, j'étais vraiment dans de sales draps. J'avais accepté ce poste et je devais l'honorer.

La vie chante comme une source,
Elle prend naissance en son sein,
Il n'est nul besoin de course,
Quand la Guêpe est dans son essaim.

De sa très belle couleur d'or,
La Guêpe n'a qu'un désir mortel,
Se servir de son immortelle,
Piqûre qui agace et endort.

Elle est si belle et si lumière,
Que rien ne laisse supposer,
Férocité meurtrière,
Pourtant la Guêpe s'est posée.

Sabine, l'intrigue

Ce soir-là, ce soir de Noël, seule l'infirmière était au chevet du mourant, prodiguant à Georgy les derniers soins.

De même, seul à errer sur le premier palier de la maison, je me permis d'ouvrir toutes les portes et de photographier avec mon appareil de fortune et un mauvais flash, tout ce qui s'offrait à moi. Mon but était de reconstituer ultérieurement, plus au calme, un puzzle dont je ne savais absolument pas ce qu'il devait représenter.

La soirée se passa comme si rien d'alarmant n'était en train de se produire. Pour eux, en bas dans le grand hall, la vie avait couleurs de Noël. Georgy n'était pas encore décédé... il fallait continuer à vivre normalement.

J'insisterai sur cette normalité. Qu'est-ce qui était normal, qu'est-ce qui ne l'était pas ?

Je croisai Sabine, environ dix ans, qui grimpait à toute allure les escaliers :

- Hé, belle enfant, où vas-tu si vite ?
- Vite, vite, je dois prendre ma tirelire sinon on va me la voler !
- Te la voler ? fis-je surpris.
- Oui, je suis triste, c'est toujours comme ça. Ils vont me la prendre, ils vont me la prendre !

Je poursuivis Sabine qui montait au deuxième étage et grimpait encore une petite échelle de bois. Bien plus légère que moi, elle put se faufiler alors que mon aisance me fit défaut et que mon arrière-train resta bloqué sur l'échelle de meunier.

- Sabine ! Sabine !

Le grand silence dans le noir n'était pas pour me rassurer avec cet événement pour le moins surprenant !

Dans cette position inconfortable, je considérai mon périmètre restreint et la situation dans laquelle je venais de me bloquer. Je me trouvais tout en haut ou presque, d'une échelle de bois dans un placard à chaussures ! J'étais comme un chat piégé dans un trou de souris, offrant son postérieur en cible !

Je restai ainsi deux ou trois minutes, retenant mon souffle pour essayer de voir réapparaître ma jolie poupée qui revint enfin.

Me bousculant, m'écrasant les doigts posés sur les barreaux et de fait m'obligeant à redescendre, Sabine serrait dans sa main l'objet qu'elle désirait, sa tirelire en forme de petit cochon rose :

- Voilà! Ils ne l'auront pas !

Et elle s'enfuit par le grand escalier qui menait dans le hall où la soirée se déroulait sous l'apparence de la normalité.

Mais déjà une silhouette, à pas feutrés, se glissait le long du mur des escaliers. Décidément ! Tout se jouait dans l'instant ! J'étais dans l'ombre et personne ne pouvait deviner ma présence. Me faisant encore plus discret, je me glissai à mon tour dans le couloir et observai cette forme qui venait davantage alimenter mes interrogations. À peine remis des émotions de ma rencontre avec Sabine, voici qu'une nouvelle question venait s'ajouter à mon intrigue.

Je ne parvenais pas à reconnaître le personnage. Était-il de la famille ou bien faisait-il partie des gens de maison ?

J'avais remarqué un homme de bonne corpulence qui, tout au long de la première partie de la soirée, était resté enfoncé dans son fauteuil, observant et attendant l'occasion de se glisser dans la conversation. Mais pas de quoi s'en méfier. Pourtant au plus profond de moi, j'avais le sentiment que c'était cette même forme qui se rapprochait dangereusement de moi en montant l'escalier. Puis il passa l'autre porte du couloir sud, en face, et attendit dans l'escalier aux marches en pierre de taille et dont la courbe majestueuse cerclée d'une cimaise de bois soulignait le mur. Qu'attendait-il ? Je l'ignorais.

Oh, oui ! c'était bien le même bonhomme qui attendait tapi dans l'ombre comme dans son fauteuil. Il attendait pour surprendre et capturer sa proie. Mais zut, du coup, j'étais moi aussi coincé là ! Malgré moi j'étais lié à cet intrus, pris à mon propre piège.

Le temps me parut très long, presque trop long, lorsque soudain l'infirmière qui était auprès de Georgy pour d'ultimes soins, sortit de la pièce et s'engagea dans l'escalier. Aussitôt, l'autre personnage entra dans la chambre. Sacrilège ! Je devais le suivre, il le fallait, mais combien mon cœur battait fort ! À pas feutrés, je me glissai derrière lui. Lui comme un voleur, moi comme un espion. La pièce était glaciale. Me tapissant contre le mur, j'observai. Il ouvrit un placard, tourna une serrure à code… Un coffre probablement. Il y eut des bruits de papiers froissés puis de serrure qui se refermait. Mon Dieu ! Il allait ressortir et j'étais aux premières loges. Je retins ma respiration et furtivement déguerpis sans éveiller aucun soupçon chez l'ombre humaine, je l'espérais.

Il redescendit l'escalier pour se fondre parmi les autres, dans le hall, là où tout devait paraître *normal*.

Ah ! J'en avais pour ma soirée de peur et de mystère !

Moi qui étais habitué à vivre seul, je me retrouvais aujourd'hui dans un nid de vipères. Mais que se passait-il avec ces gens ? Que se passait-il ce soir du 25 décembre ?

Lucifer a plus d'un tour malicieux au bout de sa fourche.
Combien de visages sait-il prendre,
Pour donner à ses yeux rouges de feu,
La douceur de l'ange
Et l'innocence de la Vierge immaculée ?

La gitane

Je me souvenais de cette gitane qui était venue frapper à ma porte l'an dernier, à Pâques,. Elle n'avait pas osé affronter la grande maison et s'était contentée du pavillon. J'étais là chez moi, ou plutôt chez eux, en train de rédiger quelques notes. Elle voulait me vendre je ne savais quoi, calendrier ou sous-verre faits main au crochet. D'un ton que j'avais voulu aimable, je l'avais envoyé paître ailleurs avec son discours de pleurnicharde. Mais elle s'était soudain accrochée à mon bras et avec une force étonnante avait poussé la porte :

- Pars d'ici, toi l'étranger, m'avait-elle dit avec insistance. Pars d'ici, toi l'étranger. Que malheur et fourberie ne t'arrivent ! Depuis longtemps je connais la maison.

D'une voix angélique, elle s'était alors mise à chanter :

J'ai connu, connu la blonde aux yeux de fée.
Elle a failli mourir, mourir en partant du manoir.
Seul son frère, son frère jumeau l'a protégée.
Elle enfanta la mort, la mort du désespoir.
Oh ! Belle enfant, enfant d'une mission !
Elle préféra partir, partir de la maison.
J'ai connu, connu la blonde aux yeux de fée,
Qui nous venait en aide, en madone, madone éthérée !

Stupéfié et interloqué, j'avais alors voulu lui proposer de m'en dire plus, mais déjà la gitane s'était enfuie, ne me laissant aucune trace de son passage sinon le souvenir de sa voix d'ange qui murmurait encore en ma pauvre tête hébétée.

À l'époque je commençais tout juste mon enquête. C'est vous dire que je me posais des questions. L'intrigue était naissante et ma curiosité éveillée à son maximum.

L'enquête

J'avais affiché dans un recoin de ma grotte qui me servait de chambre, quelques photos glanées de-ci de-là, des six enfants et des parents, à des époques différentes. Il ne m'avait pas été facile de me les procurer. Personne ne voulait m'en donner. Photos du couple de Georgy avec sa jeune épousée, portrait de la terrible Magdalena, sans oublier le gendre, Mathias. De la femme de Mathias je n'avais qu'une photo à l'âge de quatre ans. Et encore, il m'avait fallu être filou pour obtenir une très mauvaise photocopie de ce cliché !

Je percevais après la rencontre avec cette gitane, une autre lumière ; le regard différent, volontaire, de la petite fille blonde qui par ailleurs apparaissait sur les documents, rassemblant ses frères et sœurs, toujours éloignée d'eux.

J'aimais me retrouver dans cet appartement aux murs blancs d'un crépi grossier. Aucun tableau sur les murs. Une grande fenêtre d'un simple vitrage offrait une vue sur le pré, en face, où s'élevait l'immense tilleul. Dessous, une pergola croulait sous une magnifique glycine aux odeurs enivrantes.

Mon logement était simplement meublé d'une commode à trois tiroirs, d'une lourde table de ferme en bois de chêne qui me servait d'écritoire, de table à manger et qui trônait au centre de cet espace. De nombreux cartons occupaient le sol, empilés, éventrés à force d'y mettre le nez et d'en mélanger les documents vieux de plusieurs années et concernant les générations mal définies de cette famille.

J'aimais être dans cet endroit, je l'avoue, magique et inquiétant à la fois. Magique par la découverte de faits peu communs que je vais m'empresser de partager avec vous, et inquiétant car, au fil des heures, des jours, des semaines, je percevais qu'il valait mieux que je me taise, voire que je disparaisse si je voulais me préserver une once de paix !

Peut-être n'aurais-je même pas dû exister ?

Pourquoi ne pas venir me dire qu'il fallait que je quitte les lieux ? Pourquoi me faire croire que j'étais transparent alors que tous me montraient mon opacité indigne de respirer leur propre oxygène ?

Je reconnais que le sentiment de l'intrigue qui se resserrait autour de moi, donnait du piment à ma volonté de comprendre cette famille ! Plus j'y réfléchissais, plus j'y voyais comme une destinée. J'étais avec ces gens pour délivrer « le génie » enfermé dans la lampe d'Aladin, ce génie dont l'agonie, à l'étage de la maison, en ce soir de décembre, n'était qu'apparence. Il allait livrer au monde son véritable secret.

Pourquoi moi, pourquoi étais-je l'élu ?

Depuis l'apparition de la gitane, j'avais pris le temps de m'impliquer davantage. Fouiller dans les souvenirs des villageois, s'entendre confier ce que représentait cette famille de châtelains pour eux…

Je m'étais promené dans le village et ses alentours, tantôt au sud, tantôt au nord… Avoir les coudées franches, sans à priori, était indispensable. Je me sentais beaucoup plus libre à l'extérieur qu'à l'intérieur de la propriété.

Que de richesses, que d'émotions à recueillir des bribes de la vie de Georgy. Mais il n'était question que de Georgy, seulement Georgy… Et le reste de la famille ? Et

Magdalena ?

    Les échos de ces témoignages réunis mis dans une boîte, j'étais rentré chez moi pour tenter d'assembler le puzzle.
    Quelle bonne idée !

La lettre

Une lumière commença à se faire quant au silence volontaire de Magdalena en ce qui concernait son fils Georgy, lorsque je tombai par hasard sur ce courrier d'elle au médecin de famille, glissé entre deux photos récentes :

« *Très cher,*
Nous voici, me semble-t-il, depuis quelques temps éloignés. Pourtant, lorsque vous êtes venu l'autre jour pour la prise de sang de mon fils, tout me paraissait courtois et clair entre nous. Certes, je ne désirais absolument pas ce contrôle, et vous le savez, nous sommes "allergiques à toutes piqûres". Vous avez tellement insisté… que nous avons fini par céder !
En effet, mon fils est une force de la nature et possède une grande résistance. Ainsi, son organisme a toujours su lutter comme un lion contre tous ces microbes qui l'ont agressé, et il en est toujours sorti victorieux. Il est vrai qu'en ce moment, chaque jour il s'affaiblit davantage… Pourtant, j'ai veillé et veille sur lui avec le plus grand soin. Ma préoccupation est de le voir s'apaiser dans cette maladie incompréhensible et sans nom, d'après la science médicale.
Très cher, chaque matin et chaque soir je lui donne ce breuvage venu d'outre-mer qui m'a été recommandé. Certes, vous n'êtes pas d'accord avec ce procédé, mais je veux y croire de toutes mes forces.
En effet, depuis cette prise de sang qui lui a été faite, je ne vous vois plus, vous m'évitez. Que se passe-t-il ? Je suis prête à répondre à toutes vos questions, mais de grâce, laissez-moi être présente lorsque vous venez au chevet de mon fils unique. Ne cherchez pas ainsi à

m'éloigner, ne m'obligez pas à faire intervenir mes relations, elles pourraient vous être néfastes si vous insistez à jouer au chat et à la souris.

Attention ! Ceci n'est point une menace mais, au contraire, une main tendue.

Bien à vous. »

Il me fallait rencontrer le médecin de famille pour m'éclairer sur la maladie de Georgy. Mais à quel titre ?

Pourquoi, en ce soir de Noël, le médecin n'était-il pas près de lui ? Où étaient les contrôles médicaux ? Pourquoi était-il tout seul dans sa chambre ? Même son épouse ne lui tenait pas la main dans ses derniers instants…

Rencontre

Au cours de mes pérégrinations auprès de personnes ayant connu Georgy, j'avais rencontré un chauffeur de taxi, vieux, très vieux et ravagé par le temps. Il avait son propre véhicule à l'époque et avait décidé de se mettre à la disposition du monde artistique de cette ville de Provence. Pour se faire payer onéreusement, il ne voulait cibler que « la haute société » de la ville. Son nom était affiché partout sur les panneaux publicitaires.

- Mon taxi jaune, comme aux États-Unis, ma casquette de même couleur, j'étais facilement repérable. Même qu'on m'appelait « le jaune » ! Je n'hésitais pas à faire toutes les courses les plus difficiles. Ce n'est pas comme aujourd'hui. Les collègues augmentent leur prix et ne font que le tour de la ville. Parbleu, ce n'est plus le même métier. Moi, je donnais priorité à la campagne, aujourd'hui devenue la banlieue. Ah, nom de Dieu, les ornières que je me suis payées, la boue, les éclaboussures sur mon pauvre taxi… Mais nous étions copains tous les deux. Il m'emmenait partout à condition qu'à notre retour je le bichonne, l'astique, le fasse reluire. Il aimait mes caresses sur sa carrosserie. Oui, un bon copain, toujours là d'ailleurs, dans mon garage. Vous voulez le voir ? Ça va lui faire tellement plaisir d'être regardé. Ça fait bien longtemps qu'il n'y a plus que moi pour poser les yeux sur lui. Je prends mon petit déj' avec lui, dans son garage. Depuis que ma femme a rejoint le ciel, comme disait un de mes clients que j'aimais bien d'ailleurs, mon seul compagnon c'est mon taxi jaune.

- Pourquoi pas ? avais-je répondu.

Je m'étais donc retrouvé de bonne heure, ce matin de juillet, en compagnie du vieux bonhomme, à descendre la rue principale qui rejoignait la petite rue de la Terrasse.

Je sentais bien, en le regardant clopiner à cause de sa hanche criant misère, qu'au fond de lui il était content d'emmener un étranger voir son petit bijou.

Garage ? Point du tout ! Plutôt une habitation pour un véhicule bien soigné. Des petits rideaux de couleurs rouge et verte, tenus par une embrasure jaune, des chaises en rotin avec coussins semblables aux rideaux, une table de camping rouge sur laquelle étaient posés des tasses et des verres pour, comme il me le dit, prendre son petit déjeuner en compagnie de « son taxi jaune » !

- Holà ! Quelle organisation, je suis bluffé mon bon ami, lui dis-je. Admirable installation, ou plutôt, quel amour pour votre taxi. C'est incroyable ! Je suis scotché.

- Oui, oui, me répondit-il évasif.

Il m'invita à prendre un verre, café ou thé, au choix. En nous installant, je pensai qu'il ne fallait tout de même pas que j'oublie la raison pour laquelle j'étais là.

- Alors, mon bon monsieur, je me permets de prendre la parole… Ce milieu artistique que vous avez côtoyé au temps où vous travailliez… Pouvez-vous m'en dire un peu plus ? Vous devez avoir des anecdotes à raconter. Ces gens que vous avez conduits, il devait y avoir de tous les genres ! Parfois saouls, parfois impolis, souvent collet monté ? Dites, dites, je vous en prie !

- Houlà… Houlà ! Tout doux, l'ami ! Vous enquêtez sur mon job ou quoi ? s'exclama-t-il en relevant sa casquette éculée pour gratter son front dégarni.

- Tout à fait… Mais non, je plaisante, absolument pas, bredouillai-je, surpris par sa réaction. En fait… Je suis chez des amis dont le grand-père était artiste violoniste, et je suis curieux de connaître qui il était dans sa jeunesse, comment s'est passée sa vie dans ce petit village. Voilà pourquoi ma question. C'est tout.

Mon hôte parut comprendre ma démarche :

- Bon… Il est vrai qu'il y a une famille qui m'a beaucoup intrigué. Je ne me souviens plus de leur nom, mais une chose m'a marqué : c'est la complicité et l'amour qu'il y avait dans le couple des parents. Lui surtout, comment il protégeait sa femme, l'entourait. Je crois qu'elle était très jeune par rapport à lui, mais ils avaient déjà aux moins trois enfants. Je crois que lui s'appelait… Euh… Georgy ! Un prénom pas courant. Ben, quel homme ! Nous faisions toujours le même parcours, pour nous rendre chaque vendredi à la salle de l'Odyssée. C'est vraiment tout ce que je pourrai vous dire.

Zut, alors ! Pas grand-chose pour mon enquête.

- Avez-vous vu la mère de monsieur Georgy, ou croisé sur la terrasse de leur villa le médecin de famille ? lui demandai-je encore.

- Non, jamais ! Mais souvent, à travers la fenêtre du rez-de-chaussée, j'apercevais une femme aux cheveux blancs qui observait toujours mes arrivées et mes départs. Son regard plutôt perçant m'a intrigué plus d'une fois, mais c'est tout.

La poétesse

Elle était le flambeau du village. Institutrice dans l'unique école, poétesse reconnue jusqu'à la grande ville voisine, bras droit du maire. Et Alicia admirait Georgy.

Elle possédait une grâce innée, rehaussée par sa façon de se vêtir : des robes noires agrémentées de dentelles, pour affiner sa silhouette aux formes rondes et généreuses.

Ma rencontre avec elle fut étonnante.

Un soir d'été de Provence, très chaud, où épuisées d'avoir chanté toute la sainte journée, les cigales enfin s'étaient tues, je m'étais offert un instant de repos à la terrasse du café du village. Je retraçais en esprit le parcours de mes investigations de ce lundi 7 août.

Depuis le matin, je déambulais de ruelle en ruelle, de grilles fermées en grilles ouvertes et abandonnées, de ragots inintéressants à de petits indices insignifiants. Je m'épongeais le front après avoir vidé ma bouteille des dernières gouttes d'eau qu'il me restait, quand un enfant avait surgi à vélo et m'avait entrainé dans sa chute.

- Bon Dieu ! Tu ne peux pas faire attention ! C'est pas vrai, ça ! T'es qui, toi ? Tu fais quoi ? Et merde, mes genoux !

- T'en fais pas, monsieur, j'ai mal moi aussi, et je crois que mon vélo a encore plus mal que nous. Regarde, monsieur, regarde ! On dirait une trottinette !

Je me moquais bien de son deux-roues, c'était ma « bécane à moi » qui était abîmée. Pétard, que j'avais mal !

Et qu'on ne vienne pas me dire que j'étais douillet !

- T'en fais pas, monsieur, je vais tout arranger, on est juste à côté du presbytère… Juste à côté du presbytère, alors tout va bien, monsieur, tout va bien !

- Voilà autre chose. Et pourquoi pas à côté du cimetière pendant que tu y es !

Il commençait vraiment à me faire suer ce gamin !

Péniblement j'essayais de me redresser quand une longue robe noire vint me chatouiller le nez tandis que les rondeurs d'un torse généreux s'écrasaient derrière ma tête pour me soutenir.

- Là… Là ! Venez si vous le pouvez ! J'habite juste ici, je vais soigner votre blessure ! Je ne suis pas médecin mais j'ai tout ce qu'il faut pour faire des pansements ! Venez !

Il me fallait m'extraire et de la position inconfortable dans laquelle j'étais, et de dessous cette masse fort aimable qui obstruait totalement ma vue.

Tant bien que mal, clopin-clopant, j'accompagnai cette bonne âme jusqu'à son logement à côté de l'église. L'enfant nous suivit.

- Alicia, j'ai pas fait exprès, c'est vrai, j'ai pas fait exprès !

Alicia ne dit rien. Efficace, elle avait pris dans sa trousse de soins le nécessaire pour calmer ma douleur et éponger mes égratignures.

Cette femme m'intrigua. Habiter dans un presbytère n'était pas commun !

Avec beaucoup de simplicité, mon infirmière engagea la conversation.

- Que faites-vous ? Pourquoi êtes-vous ici ? En vacances ? Chez des parents ?

Je me montrai évasif dans mes réponses. La dame était originaire des lieux, m'apprit-elle. Quelle aubaine ! Peut-être pourrait-elle apporter des éléments nouveaux à mes recherches de détective !

> « Rien n'est hasard, jeune homme,
> Tout naît pour l'humilité de chacun,
> Mais si tu ne vois que ta "pomme",
> Alors, tu oublies le Divin. »

Bizarre, son discours ! Que voulait-elle dire ? Un instant déstabilisé, je me ressaisis et la remerciai :
- Madame, vous êtes bien prévenante ! C'est gentil de me soigner. Je suis désolé de vous prendre de votre temps et ne veux surtout pas abuser.
Elle s'éloigna de moi tout en déclamant :

> « J'attendais une rencontre ce soir,
> Je ne pensais pas qu'elle viendrait de si bas !
> Mais puisqu'il ne fait pas encore noir,
> Je peux observer vos yeux, et dans votre cas,
> Je crois lire sans trop me tromper,
> Que vous êtes à la recherche de… je ne sais quoi.
> Mais le but est bientôt là,
> Puisque vous voici chez moi !
> Oui, je suis poétesse
> Et il me plaît, ne vous en déplaise,
> De vous embrouiller avec délicatesse.
> Mais ne craignez rien… Je vous mets à l'aise ! »

Elle réapparut devant moi un verre à la main, et m'offrit un petit remontant de son cru qui, ma foi, était bien savoureux.
Il me fallait être vigilant dans mes propos. Cependant, quelque chose me soufflait que je pouvais y aller sans crainte dans mes interrogations.

- Oui, oui, j'ai très envie de vous parler, ou plus sûrement, de vous demander de me parler de la famille habitant dans le manoir non loin de chez vous. Connaissez-vous cette famille ?

- Si je connais cette famille ?! Mais elle fait partie intégrante de ma vie. J'ai toujours regretté de ne pas être avec eux les soirs de Noël. Toujours seule… Et pourtant les gens du village vous diront qu'ils m'aiment et m'apprécient. Mais je reste le corbeau du clocher. Celle toujours habillée de noir, qui dit de grandes phrases que seulement Georgy comprend. J'ai même reçu des courriers de sa part. Nous correspondons en vers, en prose. Nous parlons de l'infini… Nous ne refaisons pas le monde, surtout pas, nous préparons celui de demain. Mais demain est si vite présent. Demain ne veut rien dire lorsque l'on est seule ; demain est déjà passé, effacé comme du sable par le vent, comme le vent sur les feuilles, comme un baiser sur le front, comme un sourire absent mais que l'on désire passionnément. Sans fin je me questionne et cherche à vivre, à vivre pleinement les paroles du Christ, et surtout les pensées de qui reste muet et agit dans l'ombre, pour mieux saisir l'infinie complexité, pourtant si simple, de l'être humain. L'orbe magnifique dans son immensité lumineuse. Ah ! Il en a été écrit des lignes, des pages, des livres, des essais philosophiques ! Mais un baiser ne veut-il pas tout dire dans l'irréel de ce qui ne se voit pas mais rayonne de l'intérieur ?

Alicia resta silencieuse quelques instants, le regard perdu dans cet infini. Son visage s'éclaira d'un magnifique sourire, comme s'il lui était venue une réponse rien que pour elle.

- Allons, ce n'est pas tout, comment vous sentez-vous ? Et tout d'abord, si nous nous présentions ?

- Mon Dieu, c'est vrai ! Lorenzo de Casta… Je suis un ami de la famille de Georgy. Depuis quelque temps, je réside dans le pavillon contigu à leur maison. Ma position n'est pas très confortable. Un membre de la famille m'a demandé de faire une enquête sur celle-ci, pour démêler les nœuds d'un écheveau de non-dits dont il semblerait que chacun soit roi. Mais à la lumière de ce que vous venez de me faire vivre, il me semble que ma mission prend fin. Je ne sais pourquoi. Comme si leur monde devait finir et que rien n'y pouvait changer. Depuis que je suis en lisière de leur vie, rien n'a de constance. Chaque matin le jour se lève et j'ai l'impression, lorsque le soir arrive, que cette journée n'aurait pas dû exister. Pas d'aboutissement, une chute seulement… La nuit. Quel drôle de sentiment, assurément !

Le gamin qui m'avait accompagné était parti. J'allais faire comme lui. Me faisant tout petit, je m'éclipsai gentiment en la remerciant de son hospitalité. Si elle me le permettait, je repasserais prochainement. Pour l'instant, j'étais vraiment troublé.

Retour

Quelle belle campagne que celle de la Provence ! Le ciel était bleu d'azur, mon cœur léger, j'étais heureux. Se dessinait la vérité de mon être profond, tout simplement. Cela peut paraître surprenant… Je cherchais à déterminer le pourquoi du comment, et la réponse venait de m'illuminer.

C'est dans l'instant que tout est vrai. Si l'on cherche à définir le "comment", plus précisément le vécu de l'instant, l'on déflore l'immédiat, l'on déflore l'inexplicable en l'expliquant.

Alicia me l'avait montré dans son sourire. Dès qu'une personne intermédiaire me permettait de me rapprocher de Georgy, je ne rencontrais que du flou ! Était-ce là la croyance ? **NON** ! Certainement pas. C'est l'incroyance qui ouvre toutes les portes. C'est le non figé qui permet de regarder sans comprendre l'inexplicable, permettant d'être ainsi constamment dans la découverte de l'inconnu. La certitude est en nous et uniquement pour soi-même.

OUF !

Impossible de soutenir ce discours et de le garder pour soi dans son quotidien. Et l'appliquer relève de l'utopie totale.

La lettre de Magdalena à son médecin m'avait laissé songeur, et si d'elle-même la piste ne s'ouvrait pas, il fallait que j'insiste. Mais comment, diantre ?!

De retour dans mon pavillon, j'avisai un carton que je n'avais pas encore ouvert. Il était là, dans un coin de ma pièce, abandonné, semblait-il.

Débarrassé de mon manteau, je pris ce paquet et l'ouvris. Je découvris des lettres jaunies, datées deux ans auparavant, voire plus anciennes. Des courriers échangés entre membres de la famille.

L'ordre n'étant pas ma qualité première, j'admets que c'était un peu le bazar chez moi. Mes conclusions d'investigations traînaient parmi mes vêtements, mon linge propre ou à laver... Même une chatte aurait eu du mal à retrouver ses petits dans mon univers.

Ce paquet retrouvé m'intriguait quand même.

Je pris le temps de me préparer un thé chaud, puis me calai dans mon fauteuil pour reposer ma jambe blessée. Je commençai alors à fouiner parmi les documents vieillis du carton et repérai les morceaux déchirés et éparpillés d'une lettre que je tentai de reconstituer.

« Bonté divine ! Comment peuvent-elles ?... Rien n'a jamais vraiment collé entre nous. Elles ont eu de gros problèmes de jalousie toutes les deux Et moi, l'ange blond qui arrive avec mon poupon en même temps, mon jumeau ! Elles que notre père a toujours méprisées parce que filles elles étaient. La preuve en est, au troisième enfant, il donne avec succès son nom : Georgy !

La gloire enfin pour leur famille, la reconnaissance d'une suite assurée de son som.

Quelle bêtise... Mes deux sœurs furent blessées, et elles me l'ont fait payer, moi qui arrive avec ma naissance double, avec mon mec à moi... J'arrive doublée de cet élément masculin tant apprécié de notre père.

Combien de vipères m'ont-elles fait avaler ? Depuis toute petite, surtout ma sœur juste au-dessus de moi, a voulu m'enlever mon frère jumeau. Elle a voulu m'enlever mon amour pour lui, elle se l'est accaparé outre mesure, en excès, en me rejetant et en dilapidant mon intimité, mes jardins secrets.

Ma sœur aînée, elle, était un peu plus effacée. Surtout et avant tout, elle se préservait.

J'ai souffert en silence... Tout cela, c'est du passé, mais si présent dans mon cœur, dans mon sang... »

Je restai quelques jours sans écrire, sans chercher. Il me semblait que cette enquête ne m'appartenait plus. Je baissai les bras. Après tout, c'était leur problème ! Leurs mensonges et leur hypocrisie les embrouillaient dans une spirale infernale. Je n'avais nulle envie d'être aspiré par leur monde, dans leur monde.

Je refermai mes cartons, classai quelques papiers traînant sur ma table. Je me posai face au mur sur lequel j'avais affiché toutes les photos et plus encore : des cartes géographiques, des dates, des noms, bref mes petits repères qui tous ou presque, semblaient être devenus inutiles, pire, me donnaient le sentiment d'une quête perdue.

Crémation

Je sombrais dans un vague endormissement lorsque, subitement, une idée me prit à l'estomac : personne ne m'avait prévenu du jour de l'enterrement ! Personne ne m'avait dit à quel endroit serait incinéré Georgy. Oui, incinéré, j'avais cru le comprendre. Mais tout de même, depuis vendredi, on m'avait laissé dans ma tour d'ivoire, mon pavillon, bien tranquillement. Certes, de mon côté, je m'étais fait discret pour ne pas envahir la famille. Cependant, à part les petits-enfants et les arrière-petits-enfants, je n'avais pas remarqué la moindre agitation excessive. J'avais surtout perçu des hommes et des femmes vraiment bien organisés et plutôt détachés, presque sereins dans leur deuil. Magdalena continuait à faire ses courses, les voitures des fils démarraient tous les matins et même plus souvent qu'à l'habitude.

Georgy était parti depuis vendredi… Nous étions lundi…

Tout de même, ce temps avant la cérémonie était bien long.

Soudain, vers dix heures, commença à affluer vers la terrasse, une petite troupe de personnes qui venaient prendre leur place dans la file qui s'était formée devant la porte d'entrée. Une vingtaine, puis trente… Environ cinquante personnes attendaient.

Je devais y aller ! Je me fis violence, enfilai mes chaussures, pour rapidement me joindre au groupe.

J'écoutai les propos échangés parmi ces visiteurs venus honorer la mémoire du propriétaire défunt, tout en essayant de passer aussi inaperçu que possible.

La porte s'ouvrit. Ce fut la fille aînée qui accueillit chacun dans le grand hall et qui nous dirigea vers le salon de droite où reposait le corps.

Plus fort que le silence, plus brûlant que la glace, plus strident que la gravité de l'instant, je fus soulevé hors de moi par sa présence absente, si violemment présente.

Il était là, allongé sur une fourrure sombre, ses mains croisées juste au-dessous de sa poitrine, son sourire sur ces lèvres blanches et glacées… Cette image alors me réconforta.

Il était là, lui, humain reposant sous son « suaire » invisible… Nous étions tous là, nous, un échantillon de l'humanité…

L'impact était violent, il venait de me guérir. Me guérir de quoi ? Peut-être m'avait-il simplement éclairé pour me revêtir de mon habit de lumière !

« Ô Prière d'amour, je me soulève !
Au visage de demain le jour se lève.
L'importance est dans le visible,
Ce que l'instant reconnaît dans l'invisible.

Quand le corps devient poussière,
L'âme naissante devient prière.
Je constate l'émerveillement
De la nuit en étincellement !
Dans le silence du passage,
Nous sommes les pages
Qui écrivent à jamais
Le livre de la Naissance. »

Je suivis le mouvement jusqu'au crématorium. Les membres de la famille se tenaient à distance les uns des autres. Chacun était de son côté, parfois seul. Les enfants, eux, restaient groupés. Un des fils, isolé, souffrait en silence dans son coin, n'ayant personne auprès de qui se confier. La fille aînée, de sa propre autorité, tenait son rôle de gardienne. Gardienne d'un message, gardienne de la bienséance, gardienne du respect, gardienne du lien familial… L'épouse du défunt s'accrochait au bras de l'une de ses filles cadette… Ainsi, quelques amis proches entouraient ce cortège. Mais je ne voyais pas Mathias, le gendre, pièce maîtresse du puzzle pourtant.

En le cherchant, je l'aperçus occupé à un autre accueil… En effet, une troupe de paparazzis tentait, mais en vain, de franchir une corde humaine mise en place par Mathias afin de faire respecter l'instant. Oui ! Tous voulaient avoir un « papier » à écrire sur ces obsèques. Figure du village, guérisseur à l'occasion… C'était un personnage connu et reconnu pour le bien, qu'à une époque, au moment de leur arrivée, les villageois avaient accueilli et retenu.

Plus malin qu'un singe, Mathias avait prévu de donner à manger à ces piranhas de l'info.

« *INRI* : Purifié par le feu ».

Que voulait dire aujourd'hui, pour cet homme, cette phrase en latin ? Avait-il un lien avec Jésus ?…

Ils avaient de quoi réfléchir mais voulaient surtout se précipiter sur l'info. Ils ne s'attaderaient donc pas.

J'aperçus au loin une petite silhouette, une vieille dame, un fichu gris sur la tête, bien droite, qui n'osait s'approcher ; pourtant, elle était venue pour la cérémonie. Nullement voyeuse, inquiète, drapée dans son imperméable gris foncé, elle était présente mais semblait visiblement vouloir demeurer à l'écart.

Je m'approchai d'elle et lui demandai si je pouvais l'accompagner un instant :

- Non, non ! refusa-t-elle. C'est seulement que… j'ai connu la famille il y a bien longtemps, et j'ai un courrier d'adieu à lui remettre. Mais je n'ose m'approcher davantage.

Un silence.

- Puis-je vous la remettre, monsieur ? me pria-t-elle d'une voix tremblante. Monsieur, la déposeriez-vous dans la corbeille à cet effet ?

- Nul doute, madame, ce sera fait ! Est-ce absolument confidentiel ou puis-je, par le biais de votre écrit, faire votre connaissance ?

- Vous m'en verrez très touchée, monsieur, car ce que j'ai à leur dire, je souhaiterais le faire insérer dans un journal ou un autre support, pour le rendre public, tant j'ai apprécié cette famille.

- Je vous promets de m'en occuper. Vous avez la bonne personne devant vous !

- Oh, grand merci ! Voyez, je suis une personne humble, mais j'ai tout observé sans rien dire durant ma longue existence… Ils étaient quatre à leur arrivée au village. Madame et monsieur, et leurs deux filles. Leurs deux splendides filles aux cheveux bouclés. À la naissance de leur troisième enfant, ils ont fait appel à moi pour aider madame, à la maison. Un bonheur que d'être sous leurs ordres ! À l'âge de quatre ans, leur petit garçon a eu un souci de santé. Il a été hospitalisé mais le diagnostic du médecin était erroné. Ce n'était pas une appendicite, la cause de son mal de ventre. Et pourtant il en a subi l'opération. Son père, monsieur Georgy, n'a pas supporté l'erreur du corps médical. Sa révolte a provoqué en lui comme un électrochoc. Je crois qu'il s'est senti dépossédé de son fils… Il lui fallut alors trouver une autre entité. Oh, je m'en souviens… Je m'en souviens !

Puis, me saluant, la petite dame me tourna le dos et s'éloigna doucement, à petits pas, comme elle était venue. Je la regardai franchir les grilles du parc du crématorium, regrettant déjà de ne pas l'avoir retenue, d'avoir essayé d'en apprendre davantage. Étant donné les circonstances, je n'avais pas osé. Cependant, je connaissais la maison de retraite dans laquelle elle résidait, maison qui laissait toute liberté à ses résidents de vaquer à leurs occupations. Il me serait donc facile d'aller lui tenir compagnie pour prolonger notre conversation et obtenir d'autres informations.

J'ai dans les mains un document précieux, sans doute, pour mon enquête. En tous les cas, une mission pour me rapprocher du groupe familial.

Je prends connaissance du contenu :

« *Madame, monsieur,*

J'avais seize ans lorsque vous m'avez prise à votre service. Ce furent mes plus beaux moments avec vous. J'ai aujourd'hui quatre-vingt-treize ans et je n'ai rien oublié des huit mois passés près de vous et de vos enfants si merveilleux.

Je n'ai pas été dupe du comportement des villageois. Tout était fabuleux tant qu'ils venaient chez vous pour être guéris. Vous étiez, monsieur, le Bon Dieu sur terre. Des dizaines, des centaines de gens de tous milieux confondus, venaient toquer à votre porte du soir au matin, du matin au soir. Boiteux, tordus, infirmes, ils repartaient le sourire aux lèvres, régénérés. Je les ai vus rentrer, je les ai vus sortir. Témoin oculaire, je sais, monsieur, le bien que vous avez prodigué. Où sont-ils tous, aujourd'hui ?! Ces gens qui vous ont porté au ciel un temps, et ces mêmes qui vous ont bafoué et crucifié dès, qu'une seule fois, il y eut un échec avec l'un d'entre eux, dans sa demande de guérison. En pâture, à l'enfer, ils vous ont jeté sans préavis, sans sourciller.

Je tiens à vous manifester toute ma gratitude et ma profonde reconnaissance. »

Lentement, je repliai ce précieux document d'émotion et de vérité sincère. Mais je n'avais pas assez d'informations. La porte était seulement entrouverte. Il me fallait faire une photocopie de ce courrier, puis le remettre à la famille. Il n'y avait aucun souci puisque la propriétaire m'en avait donné la permission, et que son objectif était de diffuser le plus largement ce courrier. Ce qui était une très bonne idée ! Chemin faisant, je réfléchis à l'idée de plus en plus plaisante de faire éditer un livre sur mon enquête.

Hier encore, je voulais tout laisser tomber, aujourd'hui j'étais fasciné par ces éléments nouveaux.

Nous rentrâmes dans la salle pour la cérémonie.

Le local était sobre, le cercueil à peine fleuri pour ce dernier hommage.

Les participants entonnèrent un chant, chant nostalgique qui appellait à l'espoir de la vie après la mort. Mais à voir les visages, l'espoir était vraiment mince…

Seule, Magdalena esquiva une retraite vers la porte et ressortit. Elle ne participait pas à la cérémonie ? Étrange… Pourquoi cette attitude ?

Lorsque le cercueil fut englouti derrière les portes du crématorium, chacune et chacun, les larmes aux yeux, se rapprocha de la maman, l'épouse, la grand-mère.

L'attente commença avant que l'on ne remette l'urne à la famille. Un fils proposa de revenir la chercher plus tard, mais la réponse de madame fut sans appel. Elle désirait attendre, attendre là ce qui désormais l'accompagnerait : cette urne aux cendres précieuses qui représenterait désormais feu son mari.

Moi, je décidai de retourner au château pour contrôler Magdalena. Que faisait-elle ? Était-elle rentrée ? Pourquoi ? J'avais mille questions à son sujet !

Même si j'envisageais de ne pas avoir de réponse, ma décision était prise, il fallait que j'essaie de savoir !

Quelle ne fut pas ma surprise, lorsqu'en sortant du parc du crématorium, je vis Magdalena en grande conversation avec le médecin de famille.

Enveloppée dans son manteau vert d'où seules ses mains émergeaient, elle gesticulait et semblant brandir des poignards acérés. Son chignon était serré et bien retenu sur sa tête par de longues épingles. Aucun de ses cheveux blancs n'en dépassait.

De là où je me trouvais, je compris que chaque mot était une hallebarde lancée qui tailladait dans la ronce et l'ortie.

Je n'eus pas le temps de m'approcher que déjà elle ouvrait la portière de son coupé Mercedes noir et faisait signe à son chauffeur de démarrer.

Investigations

Revenu dans mon pavillon, je me réorganisai. Je me préparai d'abord une tisane pour laisser baisser la tension. Puis je plongeai de nouveau le nez dans mes cartons. Il y avait un indice qui m'avait échappé…

J'avais bien remarqué qu'il y avait beaucoup d'échanges de lettres, ou des écrits, des bouts de phrases, mais il est vrai que je n'avais pas pris le temps de m'y intéresser. J'avais besoin de rassembler tous les petits morceaux pour reconstituer le puzzle. Le puzzle de la vie de Georgy.

Georgy était mort, mais autour de son histoire, plusieurs situations troublantes ne me laissaient pas indifférent. Bien au contraire. Les réactions de cette famille qui ne pleurait pas son disparu !… Bien sûr, certains étaient sous le choc de cette disparition qu'ils n'envisageaient pas du tout de cette manière. Mais d'autres semblaient presque satisfaits, comme libérés.

Georgy, éclaire-moi. Georgy, qui étais-tu ? Désirait-on ton extinction ?

Je fermai les yeux et pris ma tête entre mes mains. Tantôt je voulais stopper à jamais cette enquête, tantôt comprendre coûte que coûte. Il me semblait que cet homme était toujours vivant.

Ma tisane était presque froide à présent.

J'aperçus sous un dossier déchiré gisant au fond du carton, un manuscrit tapé à l'encre de sa machine à écrire. Un manuscrit de Georgy, au bord de la destruction, glissé parmi d'autres écrits. Cette encre, je l'avais repérée !

Toutes ses pièces de théâtre étaient transcrites avec cette machine datant de Mathusalem, cette machine à écrire que j'avais l'honneur d'avoir dans ma chambre. En effet, Magdalena voulait la détruire ! Acte incompréhensible ! C'était Mathias qui l'avait sauvée des flammes !

Je revins à mon document, l'extirpai avec précaution pour ne pas le détériorer davantage et m'installai pour en entreprendre la lecture :

« Que tout ceci me semble étrange. Je me croyais un homme fort et me voici dans une faiblesse que je ne peux plus contourner. S'abat sur moi une violence qui me dévore de l'intérieur. Je suis forcé au silence, moi qui ai tant donné par le verbe. Je suis forcé au silence comme si, sur mes épaules, un poids inconsidéré m'obligeait à m'asseoir dans les ténèbres. Comme une drogue qui agit et que je ne peux contrôler.

À table ou ailleurs, je sens brutalement l'envahissement de cette paralysie qui me cloue tragiquement, provoquant des sueurs à grosses gouttes. L'espace de quelques minutes, tout est glacé en moi. Seule ma respiration continue. Je l'entends très fort de l'intérieur, comme une soufflerie infernale. Une soufflerie qui, à elle seule, peut maintenir ma vie. Puis tout s'apaise et redevient normal. Et eux, ou plutôt elle, elle me regarde, sans inquiétude aucune. Elle me tient la main, comme si elle attendait une autre crise, mais fatale cette fois. Son regard est terrible, et sur l'instant je n'ai pas la force de lui demander ce qui vient de se passer, car la seconde d'après, je n'en ai plus le souvenir. Je m'oblige, pour en garder trace, à écrire mes sensations, mes émotions. Mais sont-elles imaginaires ? Je souhaitais en parler au médecin de famille, mais chaque fois Magdalena est présente et je ne peux soulever cette question. Je me sens faible devant ma mère, comme si mon autorité s'effritait peu à peu, sans vraiment en avoir pleine conscience. Elle parle pour moi, elle me dicte tout ce que j'ai à entreprendre, ou plus exactement à ne plus entreprendre. Elle prend le pouvoir en m'enlevant le mien.

Dans tout acte que je dois signer, les pages sont blanches :
- Signe donc en bas de la feuille, je n'ai pas eu le temps d'en rédiger la formulation. Ne t'inquiète pas, me dit-elle, tu peux me faire confiance. »

Confiance ?
Je m'effondrai d'effroi !
Le drame était là, bien présent : MAGDALENA.
Voilà le pourquoi de l'enquête ! Un membre de sa famille avait cru comprendre les manigances de cette femme, mais n'osant se l'avouer, avait fait appel à moi, détective de fortune, pour mettre le doigt sur la vérité… Mais quelle vérité !
Là, je prenais peur !
Un crime ! Un crime pensé, déterminé. De longue date manigancé. Un empoisonnement… Empoisonner son fils !
Je replongeai mes mains innocentes dans ce même carton qui me révèlait aujourd'hui la plus terrible action de cette famille.
Un autre écrit à moitié jauni, effacé par le temps. Il y avait des endroits où le texte était barré rageusement jusqu'à en trouer le support. Décidément, j'avais « la main chanceuse » aujourd'hui !
Je lus :
« *À moi-même et à personne d'autre* », écrit en tout petit, tout en haut de la page, à peine lisible. Je dus prendre ma loupe pour en décrypter les caractères.
Bravo ! De quoi aiguiser ma curiosité à son paroxysme. Si ce n'était « *à personne d'autre* », pourquoi ne pas avoir détruit ce papier sinon dans le but d'être lu ?
J'étais soudain terrifié. Il fallait que je commence à rédiger le compte-rendu des faits, de ce texte et de ma vision des choses.

Je repris ce bout de papier, une double page jaunie : « *À moi-même et à personne d'autre* ».

Je m'installai dans mon vieux fauteuil et commençai la lecture.

« Ami, à toi Georgy, je confie mes pensées. Toi qui es moi. Moi, suis-je vraiment toi ? Je n'arrive plus à définir qui est l'un, qui est l'autre. L'ombre et la lumière se confondent en moi. Les ténèbres m'envahissent, la lumière m'éblouit. L'obscur se fait étincelle, les ténèbres m'illuminent tandis qu'un soleil intérieur me brûle, que les jours s'alourdissent et pèsent en lourds fardeaux. Trente ans. Où vais-je ? Trente ans. Que fais-je ? Je suis guérisseur. JE SUIS GUÉRISSEUR ! Peut-être plus ! Qui me donne cette mission ? Le ciel n'intervient plus pour moi, je me sens oublié, abandonné. Serais-je moi-même l'envoyé ? Suis-je envoyé par Lui ?

Mes cheveux tombent, mon front se découvre. Perle la sueur de mes inquiétudes. Je suis seul, seul dans l'arrogance de ma destinée. J'ai couru derrière elle jusqu'à présent ; aujourd'hui, il me semble que j'ai franchi la barrière. J'ai dépassé ma destinée. Je suis allé trop loin dans ma mission. Ma mission avait une fin. Mon discours m'a emporté, il me fait trébucher. Il me fait vomir mon moi.

Il ne faut perdre la face, Georgy. Il faut continuer. Continuer quoi, grands dieux ?! À prendre davantage le pouvoir en m'oubliant. Je crains de le payer très cher. De le payer de ma vie. Je m'efface et me gomme moi-même. C'est une chose terrifiante de se voir soi-même en train de supprimer sa vie. Je dis, j'ordonne, je publie sans me référer à une base solide. Je suis le socle qui s'effondre. L'érosion est créée par mes propres pensées. Plus je vais vers l'autre, plus il me flétrit. Je me donne en pâture à l'Humain que je veux sauver de sa pesanteur. Oh, mon Dieu ! Je sombre dans le doute le plus profond. Je m'enlise dans les sables de l'inconscient ! Qui suis-je ? »

Il y avait encore un paragraphe, mais celui-ci je ne

pouvais le déchiffrer. Illisible, trop abîmé... Il me laissa sur ma faim !

J'étais époustouflé et ne trouvais pas les mots pour exprimer mon désarroi.

Quel personnage ! G-E-O-R-G-Y.

Mort à quatre-vingts ans. Quel a été son existence ? Tourmenté, plus fort encore. Tempête chaque jour.

Il fallait que je trouve le moyen d'obtenir un rendez-vous avec le médecin de famille. Je voulais savoir !

Recherches

Inutile de remettre à demain. Je quittai l'appartement, traversai le parc et pris la direction du village.

Quand j'arrivai devant le cabinet médical, je découvris sur la plaque qu'il y avait trois médecins. Lequel était-ce ?

Je rentrai, saluai la secrétaire qui me posa la traditionnelle question :

- Vous avez rendez-vous ?
- Non, je viens pour un rendez-vous.
- Avec quel médecin ?

Ben voilà ! Je ne pouvais tout de même pas dire « le médecin de la famille du château » !

Je me souvins de l'avoir déjà croisé dans l'enceinte du Domaine, chez Georgy.

- Je suis désolé, son nom m'échappe, c'est un petit monsieur avec un chapeau mou de couleur grise.

La secrétaire :

- Vous voulez parler du docteur Pasquier ?
- C'est cela ! Je suis tombé l'autre jour et je voudrais qu'il examine mon genou.
- Mardi à 15h30.

Dans deux jours…

- Ce n'est pas possible avant ?
- Non, je suis désolée.

Je tenais trop à rencontrer le médecin, j'acceptai donc.

De retour chez moi, je m'enfermai à double tour. Je me retrouvais dans mon univers, mon périmètre de détective.

Deux jours pour lister les questions liées à la santé de

Georgy, que je souhaitais poser au docteur.

Le mardi à 15h30, j'étais dans le cabinet du docteur Pasquier.
- C'est pour votre genou, m'a dit la secrétaire ?
C'était à moi de répondre.
- Docteur, c'était le prétexte pour vous rencontrer. Je viens au sujet de la famille de Georgy, et surtout pour Magdalena Visa-Prio, sa maman.
- Que voulez-vous jeune homme ? me demanda-t-il d'un ton méfiant.
Sans me démonter, je continuai :
- Je suis un ami de la famille, nous nous sommes quelquefois croisés... Voilà... Cette vieille dame me semble terriblement tyrannique. Elle terrorise certains de ses petits-enfants et je voulais vous demander conseil afin de la faire suivre par un psychologue.
- Mais enfin ! Vous n'êtes qu'un ami. Cela appartient à la famille de prendre en charge cette éventualité... s'il y a besoin. Votre genou, on l'examine ?
C'était terminé, j'avais ma réponse. En même temps, il avait clairement recadré la situation et, au risque de paraître impoli, je ne pouvais insister davantage. Je me levai.
- Non merci... Combien vous dois-je pour la consultation ?
Le docteur n'était pas du tout offusqué par ma démarche, m'expliqua-t-il. Il se devait juste de me tenir à l'écart de ce propos. Cependant, pour moi c'était franchement positif.

Dossiers

Il me fallait maintenant faire le point sur quelques éléments.

> *1. De quoi et comment vivaient ces gens ?*
> *2. Qui était le chef de famille : avant et maintenant ?*
> *3. Pourquoi les enfants n'avaient-ils pas leur indépendance ?*
> *4. Les gens de maison et leur éternité.*
> *5. Quelle était leur philosophie de vie ?*
> *6. Le mariage des enfants de Georgy.*
> *7. L'enfant non reconnu.*
> *8. Le testament.*

J'ouvris donc plusieurs dossiers, moi qui étais plutôt dans le non classement, j'étais obligé de m'organiser pour les jours prochains. Je devais mettre mes idées au clair, ne plus laisser mes émotions déborder, être vigilant et répondre à toutes mes questions.

Vaste programme, mais qui, ma foi, me tenait à cœur maintenant plus que tout. Il me fallait cerner la problématique. Je croyais, ce jour, tenir enfin le bon bout du fil d'Ariane.

Mes classeurs… Au feutre noir, j'inscrivis mes titres en grosses lettres. Je classai les photos sur le mur en mettant au centre non plus Georgy mais Magdalena Visa-Prio, puis Georgy et son épouse, un peu en décalé de Magdalena ; en pétales de fleur, les six enfants dont il me manquait une photo, puis les petits-enfants. Pour eux, je n'avais aucun élément si ce n'était leur âge, et encore, pas très précis. Y avait-il une grande importance à cela ? Je ne pensais pas. Le nœud se situait au sein de la génération des grands-parents et de leurs enfants directs. Le mariage de cette deuxième génération avait aussi son importance.

L'enfant non reconnu

Six enfants plus un… Voilà ce que j'entendais depuis le début. Mais jamais de la part de l'épouse de Georgy.

Pourtant, un dimanche, au bord du petit lac creusé par leurs soins (enfants, amis, copains) dans la propriété, assis sur un banc à l'ombre du chêne centenaire et du bel ormeau effleurant doucement la douceur de l'eau, un nouvel indice me fut dévoilé.

J'écoutais papoter quelques membres de la famille. Je devinait que le sujet était délicat, un sujet maintenu le plus souvent dans l'ombre :

Après la naissance de leur deuxième enfant, un couple de leur connaissance qui ne pouvait lui-même pas avoir de descendant, aurait sollicité Georgy. En effet, le mari de cette dame, au nom évidemment caché, l'aurait supplié de soigner son épouse afin qu'elle devienne féconde.

C'était un nouvel élément que je mis dans mon dossier.
Il y avait tout de même une chose qui me chagrinait. Ces gens qui parlaient toujours d'éternité, « *il ne faut pas faire ceci* » ou « *il faut faire cela* », comment concevaient-ils l'éternité pour eux-mêmes ? Et pour cet enfant conçu… Cet enfant, qu'adviendrait-il de son éternité ? Et faisait-il partie du clan éternel ?

Je croyais avoir compris une philosophie très « vivante » dans cette maison.

La philosophie de la mort controversée par l'éternité. Le danger de la mort et sa peur étant plus fort que l'incertitude du futur dans l'autre monde, occulter la mort devenait légitime afin de focaliser uniquement sur l'après en attirant une force imaginaire et pourtant palpable. Je comprenais ainsi beaucoup mieux le corps perdant sa vie dans la chambre de Georgy, seul, afin de ne pas toucher du doigt la « mort vérité ». Toujours se cacher de la vérité !

Ma petite mort m'intéressait et me faisait peur.
Apprendre à sauver l'humanité en étant généreux pour autrui dans le seul but de parvenir à l'éternité :

> *Changeons le monde,*
> *Changeons les gens,*
> *Pour nous, demeurer*
> *Indifférents aux autres.*
> *Mais en voulant croire que*
> *Que si l'on pense à l'autre,*
> *Dieu pensera à nous.*

> *Changeons le monde,*
> *Changeons les gens,*
> *Pour savoir que*
> *L'éternité alors*
> *Nous regardera peut-être.*

> *L'incertitude nous ronge,*
> *Alors soyons certains,*
> *Certains de ce que nous ne savons pas.*

Nommons l'innommable,
Touchons l'impalpable,
Et notre vérité sera.
Changeons le monde,
Changeons les gens !

De quoi vivaient ces gens ?

Voilà le dossier que ce matin j'avais envie d'ouvrir.

Certes, Magdalena avait entretenu un temps, de ses rentes terriennes, toute la maisonnée, quand les enfants de Georgy étaient jeunes. Georgy lui-même avait une retraite, mais, cela ne suffisait pas. Ils étaient tous là à manger chaque jour, au nombre de vingt-deux, deux fois par jour, à se mettre autour de la table ! Et l'entretien de la maison, le chauffage l'hiver...

Quatre fois l'an, ils invitaient à leurs spectacles des amis, des sympathisants. Qui étaient ces gens ? Des gens venus de tous les horizons, et qui donnaient à Georgy un pouvoir surdimensionné.

Chacun devait être le meilleur ! Car en effet, dans leur philosophie de vie, j'avais lu qu'il y avait plusieurs exigences à respecter :

Maintenir les parutions d'ouvrages écrits et édités par leurs soins, commentant mensuellement la vie existentielle et politique dans le monde, et servant aussi de socle pour démontrer que seulement et uniquement LUI, Georgy, pouvait améliorer ce monde.

Autre exigence :

Diffuser ses ouvrages chaque jour avec un nombre de ventes imposées afin de pouvoir accéder aux festivités données dans sa propriété, et accepter d'être prélevé d'un certaine somme, différente pour chacun car selon ses revenus. Somme appelée tribut !

Je n'en savais pas davantage et je devais m'estimer heureux car c'était top secret !

Des opéras de Wagner, Massenet, Offenbach, Verdi étaient donc joués par leur propre équipe. Costumes, décors, mise en scène, rôles, accompagnement, que savais-je encore… Tout, absolument tout, naissait de leurs mains, de leurs voix et de leur volonté. Extraordinaire force de réalisation.

Ce noyau humain, familial, avait un moteur d'une puissance au-delà du naturel.

J'avais pu visionner des films sur leur prestation. Étonnante de perfection ! De vrais professionnels dans leur amateurisme.

Il était vrai que dans les arts, Georgy excellait dans sa jeunesse. Il avait su transmettre à ses enfants la joie de la performance.

Était-ce donc avec cet argent qu'il pouvait subvenir à leurs besoins ?

Autre dossier : Le testament

« Que faire, mon Dieu, aide-moi !
C'est une prière qui monte vers toi ! Pourrais-je dire, comme mon frère Jésus : « Pourquoi m'as-tu abandonné ? ». Il est encore temps pour que tu viennes à mon aide. Je suis irradié de toutes parts, électrisé par mes propres mots, par mon propre apostolat.
Ces trois livres qui furent écrits avec le sang de mon âme, qu'en ont-ils fait ? Un mouvement religieux, une force à suivre, un phare

dans leur vie… alors que j'attendais l'universelle diversité de leurs personnalités naissantes pour affirmer leur « JE » et surtout pas le mien. Trop facile de me prendre en exemple dans ma parole. Les bras m'en tombent, je laisse faire… Je me sens impuissant dans cette toute puissance qu'ils m'ont donnée. Eux, mes enfants, certains de mes enfants !… Les autres de peur de me décevoir ou de me voir mal réagir sont déconcertés. Âgés, ils reviennent sur leurs positions, de crainte d'avoir manqué un épisode. Se rapprochant eux-mêmes de l'autre monde, les voici revenant vers leurs premières interrogations.

Ma fille aînée avait bien pris conscience que je n'étais pas ce personnage mystique. Peu à peu, sa faiblesse a dominé sa raison alors qu'elle avait les bonnes questions.

Impuissant dans cette toute puissance, absolument.

Toi, l'inconnu, toi qui lis ces lignes à l'instant présent, écoute, redonne-moi ma vérité, redonne-moi mon état d'homme, d'humain que j'ai perdu sans mot dire. Une heure, un jour, un an après mon départ, qu'importe ! Là où je serai, le temps n'a nulle valeur. Redonne-moi ce courage que j'ai eu en tant qu'homme, de me livrer entièrement dans l'obscur de la lumière, dans la vague de l'incertitude. Je prenais le risque de m'engouffrer sur une voie sans retour, abandonné par la raison et tourmenté par la douleur !

Aujourd'hui, l'instant est venu d'écrire mon testament. Il me faut, entre tous les miens, choisir, définir et partager. Jamais, au grand jamais, je n'ai agi de cette manière, et aujourd'hui deux de mes enfants m'y obligent. Plus fort encore, ils m'ont écrit le papier, je n'ai plus qu'à recopier et signer. Signer ma démission, signer le mensonge de ma vie, signer l'apostolat vaincu dans la misère du monde encore présent. Signer mon arrêt de mort !

Je ne puis et refuse de me résigner !

L'entrevue fut longue et douloureuse.

- Réfléchissez !

Rien n'y faisait. Ils ont contrecarré ma volonté depuis le début ! Ils viennent de me voler ma décision afin de préciser leur futur.

Je ne veux ni ne peux y souscrire !

Alors voici, après des heures et des heures de discussion, ce qu'il reste de leur proposition et de ma volonté.

Épuisé, triste, absent et silencieux, je prends ma plume et rédige ce qu'ils attendent de moi.

Un mois et six jours plus tard, Georgy mourait ! Comment était-ce possible ?

Une telle précision était en effet, étonnante.

Il pouvait partir désormais, puisque le testament était rédigé.

Le jour de la lecture, je n'étais pas présent, évidemment, mais je sus plus tard la souffrance de l'époux de la fille aînée.

Lui aussi sut garder le silence. Pauvre homme ! Aucune allusion le concernant sur ce document.

Des larmes de sang, des larmes d'amertume, des larmes de tristesse coulaient sur ses joues mal rasées.

Détresse de Mathias

Toute une vie et me voici effacé d'un coup. En tant que fils bien-aimé… marié sous le régime de la communauté… fils de cœur et non de sang, ne suis-je pas par mes actes, devenu l'un d'eux ?

Pas du tout ! Et mon épouse qui ne le remarque même pas ! Mon épouse qui n'a pas fait partie du complot est, à la lecture de ce papier, devant le fait accompli. Sans rien dire – toujours ce silence –, elle accepte l'écrit puisque qui ne dit mot consent !

Je ne puis demeurer plus longtemps dans ses murs.

Depuis bien longtemps, je m'aperçois, je sais l'outrage que l'on fait à Georgy.

Mais l'impact familial est si fort que je reste bouche cousue.

Il faut que je m'extirpe, que je m'éloigne de ces gens afin de pouvoir écrire et penser tout haut pour éviter la catastrophe.

Je ne peux pas. Je suis lâche.

Partir est mon seul secours.

Viens avec moi, ma femme, ma chérie, mon épouse ! Quittons ce lieu, cette maison où tout semble être géré par un être incompréhensible qui n'en fait qu'à sa tête : ta sœur cadette.

C'est elle qui a toujours gouverné l'homme pour lequel j'ai tout quitté et qui, aujourd'hui, est soumis à sa volonté. Piège de vouloir voler trop haut et de ne plus s'en rendre compte. Piège qui falsifie l'ensemble des données, m'empêchant de taper du poing sur la table. Pieds et poings liés, je suis, après cette lettre authentique où nul n'a son mot à dire. C'est écrit noir sur blanc ! Irréfutable.

Viens avec moi, mon épouse adorée ! Ce n'est point tourner le dos à ton père, c'est faire confiance à l'homme que tu as choisi comme époux. Viens avec moi, ma chérie depuis tant et tant d'années. Ne me repousse plus par peur de manquer ton éternité. Je sais aussi cette voix, « vérité » que mon beau-père nous propose ; mais elle est en chacun de nous, absolument pas dans une doctrine. Nous sommes chacun de nous, unique. Je ne pourrai plus rentrer dans les rangs. Ensemble depuis trente ans nous partageons nos interrogations, nos doutes, nos regards différents.

Aujourd'hui il faut agir. Ce monde de ta famille dévie vers le trouble.

Viens, ma chérie. Il nous faut nous arracher. Viens, mon épouse. Notre vie n'est plus ici, dans cette maison. Allons semer ailleurs ce qu'ici elle est en train d'étouffer. Prends ma main et refaisons notre vie ensemble. Vivons à jamais le pourquoi de notre rencontre, le flambeau de notre union. Viens, mon amour, partons vers l'ivresse de la lumière, non plus éblouis comme le papillon la nuit à une lampe, mais éclairés par notre force intérieure qui veut capter l'infini et le matérialiser. Comme deux cœurs qui battent à l'unisson en s'aimant *si fort que leur ivresse captera l'énergie universelle dans l'harmonie la plus parfaite. Viens avec moi ailleurs, pour mieux percevoir l'ailleurs, viens avec moi, ma bien-aimée !*

Que m'arrivait-il. Je rêvais éveillé à présent, moi, Lorenzo !

Qui parlait ainsi ? Devenais-je fou ? J'étais bien seul dans la pièce. Holà, le café était-il trop corsé !

Je posai mes documents et m'accordai un temps de repos pour laisser tomber la pression et me ressaisir. J'étais trop accro de tous ces messages. Stop ! Du repos !

Autre dossier : Qui était le chef de famille avant et après Georgy ?

Excellente question, Lorenzo ! Comme personne ne le faisait, il fallait bien que je me complimente et m'encourage. Donc, excellente question !

Il semblait que Magdalena était bien le chef de la situation matérielle, mais pas du spirituel. Il y avait là encore, un emmêlement de données qui, pour moi, peu à peu s'éclaircissait.

Mais je voyais bien que l'après était vraiment mal géré. C'était comme si l'on avait tapé dans une fourmilière. Ils étaient tous affolés et leurs discours partaient dans tous les sens.

L'intrigue, le nœud de la guerre c'était la *spiritualité*. Tout mettre sur le compte de la spiritualité. Et c'était bien cela que Magdalena ne pouvait diriger. La conduite lui en échappait. Georgy non plus ne tenait plus les rênes de ce qu'il avait mis en route. Certains des enfants avaient décidé, coûte que coûte, de manœuvrer dans le désert afin d'y trouver une piste qui leur serait plus favorable, plutôt que de décider de baisser les bras, de se rendre compte que le « bébé leur avait échappé ».

Tous n'étaient pas de cet avis, mais le dialogue était impossible. Aucun dialogue d'ailleurs, dans cette famille. Se réunir pour ne rien dire, ni maudire certes, mais laisser la pensée sans frontière !

Bien entendu. J'y étais totalement !

Et c'était le pourquoi de cette enquête !

Ma patronne espèrait que près d'une personne étrangère, les langues se délieraient…

Pas du tout, du tout !

J'étais dans la mouise complète. Seul, totalement seul.

Voilà pourquoi il y avait tant et tant d'écrits. Chacun, à sa façon, soulevait la soupape de protection en se faisant un courrier – une lettre – à lui-même, mais aucun n'avait eu le courage de taper du poing sur la table et d'arrêter cette hémorragie de mensonges et d'hypocrisie.

Chacun savait, pour l'avoir constaté, que le trouble était chez leur père, mais tous avait un intérêt financier pour rester dans le giron, ne pas faire de vagues, en profiter un max. Dans ce groupe, ma foi aisé, le silence était de bon augure au sein du foyer. Mais vu de l'extérieur, les pires actes étaient commis. Et je pouvais en témoigner.

Es-tu donc l'amie de Dieu en ce moment, famille écartelée ? N'avez-vous pas rompu vos engagements avec Lui, renoncé à le servir ? Ne vous êtes-vous pas abandonnés à l'érection de vos passions ? Ne complotez-vous pas la perte de l'innocence, la ruine d'une créature qu'Il a formée, modelée sur le modèle des anges ? Ce n'est pas la vertu qui vous guide, c'est l'effroi de Sa vengeance. Ce n'est pas le respect de

Dieu qui vous freine, c'est la peur de Son châtiment. La chute est inévitable : la mort des jugements de valeur. Vous avez fait du surnaturel le plus parfait une réalité comme les autres. Avides de jouissances, vous avez perdu votre âme en l'extirpant de vos entrailles, la plaçant devant vous, dans un écrin de doute et de silence. Votre flamme vient de s'éteindre, votre boite de Pandore vient de s'ouvrir. Saurez-vous regarder jusqu'au fond de vous-mêmes pour espérer encore ? Avoir un dernier souffle d'espoir avant de tous vous déchirer pour garder le linceul de celui que vous avez tous mal aimé, mais qui semblait avoir créé le ciment vous soudant les uns aux autres ?

Filles et fils du Divin, êtes-vous enfants de lumière ou de la nuit ?

Filles et fils de Georgy, avec quelle force ou faiblesse pactisez-vous jusqu'à ne plus connaître ni reconnaître le vrai du faux ?

La foudre vient de s'abattre sur vous avec la mort de Georgy, et vous ne vous réunissez même pas pour comprendre comment édifier votre nouvelle vie sans lui, mais avec tout l'amour que vous avez pour lui ? Allons ! Mensonges, ignominies !

Mariages des enfants de Georgy

Bien maigre mon dossier !

J'avais beau le retourner dans tous les sens, aucun élément !

Malgré tout ce temps passé avec eux, je n'avais rien noté sur leurs mariages ? Peut-être n'étaient-ils pas mariés après tout ? Aucun ? C'était tout de même bizarre. Avec tous les sacrements que je voyais défiler chaque jour… Justement, rien de bien sérieux !

Il y avait le couple aîné, certes, mais rien à raconter sur eux. Tout en étant au centre de l'intrigue, ils étaient différents, ces deux-là. Mais leur silence les accablait.

Pas besoin d'insister.

D'autres mariages avaient été conclus, mais simplement à leur mairie propre. Des enfants, des petits-enfants, mais plus dans le même giron, dans la bastide première de Georgy. Certes, tous avaient le regard rivé sur le domaine, mais certains feraient une croix dessus, d'autres mourraient déçus de n'avoir pu le posséder, d'autres encore nieraient leur enfance et leur vécu.

C'était leur vie et je voulais clore mon insertion dans leur univers.

Refermer le dossier était mon choix.

Que me restait-il alors ?

Peut-être une compréhension personnelle de ce monde imposé qui semblait avoir accablé les enfants dans leur jeune temps, qui les avait éclatés à leur adolescence, écartelés à l'âge mûr et à présent dans la vieillesse. « *Qu'ai-je fait de mon parcours ? Qu'ai-je fait de ma vie ?* » seraient leurs éternelles questions.

Écoute en toi : N'est-ce pas la voix de la Bête,
Écoute en toi : N'est-ce pas la voix de la Haine,
La sirène vient t'envelopper,
Sa beauté vient te duper !
Les éléments sont forts
Et toi tu es espiègle.
De cette faiblesse tu fais ton fort,
Pouvoir dangereux de l'esprit dans ta citadelle.
Regarde autour de toi
Regarde devant toi,
Le précipice que tu t'es forgé
Chaque jour un peu plus creusé.
Et maintenant c'est le grand saut ?
Et maintenant tu n'es qu'un sot !

La rivière sans pardon

*N'ayant écouté qu'à reculons
La Mission sans aucune vision.
Tu ne sais plus rien !
Tu ne vois plus rien !
Tu n'entends plus rien !
Tu ne comprends plus rien !*

Conclusion

Croire en la force du mal, croire en la force du bien. Ces deux mots ont-ils réellement un impact ?
Dans l'interdit nul ne peut s'épanouir ! L'obligation fait naître le traître. L'unique vérité engendre le mensonge. L'abstinence crée l'excès. Mon Dieu, qui es-Tu ? Mon Dieu, qui suis-je ? Une différence de hauteur, de latitude, ou une différence d'attitude ? Tu n'es que ce que je puis imaginer, rien d'autre. Ce que je ne peux pas comprendre reste, de fait, innommable dans mon cerveau.
Chaque mot dans la croyance m'interdit de penser, me coupe de l'Esprit.

L'Esprit est immature, l'Esprit n'est pas fini, l'Esprit est naissant tel un volcan, incontournable, incandescent. l'Esprit n'a pas de revêtement, l'Esprit est nu dans une virginité immaculée. l'Esprit est fragile, l'Esprit est au-delà de la protection. l'Esprit est le refus de la protection car il est acte sans contrainte, sans foi ni loi, dans l'extravagance la plus totale de la liberté sans raison.
Nommer Dieu c'est refuser l'Esprit et son essence même !
L'acte est présent, dans l'immédiat. S'il y a réflexion, il y a décalage. L'animal a faim maintenant. Tout est mis en œuvre !
« Tricherie d'amour », surtout pas ! Surtout pas !
Négation totale de sa raison d'être !
« Tricherie », impossible pour qui se veut vérité.
Jamais au grand jamais, car alors il se blâme lui-même et refait à l'envers ce qu'il nous dit à l'endroit.
« Amour ». L'amour est imprévisible de par sa vocation.

L'amour n'apparaît que lorsqu'il est là ! Impossible de le matérialiser avant qu'il ne soit ! Et quand il est présent, il est fou, il est foudre.

Il en est son fruit, son enfant, grandissant et nourri de l'imprévisible et du non construit.

> *J'aime et je suis aimé,*
> *Je suis aimé et j'aime.*
> *J'aime et je sais aimer.*

.

Photocomposition
Nathalie Costes

DÉPÔT LÉGAL
Novembre 2014
réédition janvier 2016

Imprimé par Books on Demand GmbH, Norderstedt, Allemagne